注文の多い魔法使い

契約花嫁はおねだり上手な最強魔術師に溺愛されています!?

JN118299

花坂つぐみ

TSUGUMI HANASAKA

一迅社文庫アイリス

CONTENTS

登場人物紹介
characters
スノウリー・セレスティアル
国家魔術師で公爵家当主。
呪いのせいで少年の姿に。
家族はおらず、公爵邸の
使用人はすべて
魔法仕掛けのブリキ人形。
キアラ・ルクウォーツ・エドウィージュ
宝石商の娘。
祖先がギネーダ人で、
ギネーダの文化や呪紋に詳しい。
幼い頃に母は亡くなり、
父親と二人暮らしだった。
契約花嫁はおねだり上手な最強魔術師に溺愛されています!?
注文の多い魔法使い

ラグリオ

女王直属の魔法騎士団の一員で、
スノウの数少ない理解者。
誰とでも仲良くなれる好青年。
菓子店の看板娘に恋をしている。

クラウディア

オブシディア魔法立国の女王。
勝ち気で脳筋。
通称「鋼の女」とも呼ばれ、
魔法騎士団を鍛えるのが生きがい。

サイファ

山渓国ギネーダの首長で、
呪紋術師としても有能。
全身に呪紋の刺青が入っている。
口調は丁寧だが曲者。

アビゲイル

宮廷魔術師。妖艶な美女。
黒い蛇の使い魔を使役する。
クラウディア女王とは
軋轢があるらしい。

イラストレーション◆桜花舞

The Wizard of Many Orders

注文の多い魔法使い　契約花嫁はおねだり上手な最強魔術師に溺愛されています!?

プロローグ

午後の陽光が照りつける市場のメインストリートを、わたしは疾走していた。

煉瓦《れんが》タイルを敷き詰めた舗道は、足をつくたびにエメラルド色の波紋がきらめく。タイルに光の魔法がかかっているのだ。

ここオブシディア魔法立国は、文字通り魔法に満ちた国だ。

まだ人々に知恵がなかった頃、人間を襲って田畑を荒らす魔竜という怪物がいた。

苦しむ人々を救うため、一人の大魔法使いが魔竜を退治してギネーダの谷に封印し、生き残った人々のために魔法で守られた国を作った。

それ以来、この土地には魔法が根付いている。

わたしが暮らす王都ノワーナでは、日常の至るところに生活を豊かにする魔法が取り入れられていた。

水道をひねれば魔法で浄化された水が出てくるし、掃除はあらかじめ魔法をかけた箒《ほうき》とモップが自動でやってくれる。

料理のような複雑な作業は人間にしかできないが、高級なレストラン辺りでは、魔法をかけたブリキ人形に食材の皮むきをさせているという。

小さな魔法はそこかしこにあって、市場の屋台も例外ではない。

果物の山には瑞々《みずみず》しく見えるように水滴をまとわせ、異国情緒あるアクセサリーは蠱惑《こわく》的に輝かせ、美しい織物は生き物のようにたゆたわせて柄の個性を主張する。

そんな購買意欲を誘う商品も、必死に走るわたしの目には入らない。

運動神経があまりよろしくないから、少しのよそ見が命とりになるのだ。

「これも全部、あの人のせいだわ！」

わたしが忌々《いまいま》しく罵ると、背後で大声が上がった。

「待ってくれ、キアラっ！」

「来た――――！」

屋台二つ分後方から、でっぷりと太った白豚みたいな男性が追いかけてくる。

髪の毛の薄い頭は脂《あぶら》ぎっていて、むちむちの体を押し込めた宮廷服は、足を踏み出すたびにきしんで今にも破けてしまいそうだ。

あの男に捕まったら最後。だって。

(無理やり結婚させられちゃうんだから！)

わたしは亜麻色の髪を振り乱しながら、噴水広場のロータリーを急旋回して北北西に向かう。

気分は競走馬だ。

――一番手キアラ・ルクウォーツ・エドウィージュ、第五コーナーを曲がり直線で一気に加速していきます。その後ろについた二番手の男は、おおっと、立ち止まってキョロキョロしている！　キアラを見失ったようだ！　これは形勢逆転なるか、なるのかー!?　――

実況の幻聴まで聞こえてきた。

この調子でいけば逃げおおせると思った矢先、あろうことかタイルの段差につまずいてしまった。

足首がぐきっと曲がって前につんのめる。

(痛っ！)

幼い頃からやんちゃで、お人形遊びよりかけっこが好きだったわたしは、事あるごとに転んで生傷を作っていた。

転ぶたびに足首をひねっていたせいで、小さなつまずきでも怪我《けが》をしやすい癖がついているのだ。

痛む足では、どんなに懸命に走ってもスピードは落ちていき、あっという間に男に追いつかれてしまうだろう。

見つかる前に、どこかへ隠れなければ……。

辺りを見回すと、人気《ひとけ》のない路地にこぢんまりとした礼拝堂があった。

オブシディア国教会は、富める者も貧しい者も男も女もそれ以外も、全ての悩める人々に門戸を開いている祈りと誓いの場所だ。

ここでは皆が平等で、暴力や無理強いといった野蛮な行いは許されない。

（きっと、わたしも匿《かくま》ってくれるはず）

一刻の猶予もないと、わたしは粗末な木の扉を両手で押し開けた。

「お助けください！」

第一章　危機一髪の契約婚

――どうして嫌いな相手と結婚しなければならないの？

幼いわたしがそう言って場を凍らせたのは、従姉《いとこ》の披露宴でのことだった。

次から次へと運ばれてくるご馳走《ちそう》や祝杯をあおってドロドロに酔っていた男衆は、わたしの言葉を聞くなり一様に口を閉ざした。

しんと静まり返った場には、婚礼衣装を着た従姉のすすり泣きがもの悲しく響いていた。

なにせ相手は二十も年の離れた貴族。

十六歳の従姉からみたら父親みたいな相手だ。

わたしは、当の新婦が嫌だと泣いているのに、なぜ周りが結婚を強要するのか分からなかった。

すっかり酔いが醒《さ》めた父は、周りに謝罪した後、わたしを抱き上げて会場を出た。

夜のとばりが降りた暗い帰り道をたどる父は、わたしの背をぽんぽんと叩《たた》きながら、二度とその話をしてはいけないと囁《ささや》いた。

『結婚式では、たとえ花嫁が泣いていても、花婿が不機嫌でも、気づかないふりをしなければならないんだよ。お祝いの空気が壊れてしまうからね』
父が言う空気って、花嫁の気持ちよりも大事にしなければならないものなのだろうか。
それなら、わたしは生涯、結婚なんてしたくない。
ぼんやりと考えているうちに睡魔に襲われて、父にもたれて眠っていたけれど、その時のやる瀬ない気持ちは、従姉と同じ十六歳になった今も覚えている。

しかし、運命というのは皮肉なもので——


「お助けください！」

駆け込んだ礼拝堂には、頭からベールを被《かぶ》った女性の司教がいた。

乳白色の宝石がはまった長い聖杖《せいじょう》を片手に、もう片方の手を説教台についた彼女は、息を乱して現れたわたしを心配する。

「そんなに慌てて、どうなさったのです？」

「ストーカーに追われているんです！」

説教台に近づいたわたしは、両手を組み合わせて膝をついた。

「わたしは、下町で暮らすキアラ・ルクウォーツ・エドウィージュといいます。あの男に捕まったら、無理やり妻にされてしまうんです。相手はモーリス・グランダロス。グランダロス子爵の息子なんです！」

わたしが男から全力で逃亡している理由がこれだ。

平民同士の結婚なら拒否もできる。

しかし、貴族からの求婚において、平民の娘に拒否権なんてものはない。

わたしがモーリスに言い寄られていると知った親戚や近所のおばさんは、玉の輿《こし》だと大盛り上がりで結婚を勧めてくる。

絶対に嫌だとわめいても、マリッジブルー扱いで微笑《ほほえ》ましく思われる苦しみは、当人にしか分かるまい。

周りは口をそろえて言う。

今は不安でも、お金持ちと結婚しておけば、のちのち良かったと感じるようになるよ、と。

「わたし、相手がどれだけ資産を持っていようが嫌なものは嫌なんです。高価な贈り物で気を惹《ひ》こうとしたり、自分に都合のいい口コミを流すために友達を買収しようとしたり、朝一番にやってきて突然プロポーズするような相手と結婚なんて！」

今朝の出来事を思い出して、わたしは拳を震わせた。

母親を早くに亡くして、宝石商の父親と店舗付きの一軒家で暮らすわたしは、キッチン周りの家事を任されている。

早起きして朝ご飯用のスープ鍋をかき混ぜていると、店の方の呼び鈴が鳴った。

こんな時間に来客なんて珍しい。

急いで入り口に出たところ、視界が塞がれるほど大きな薔薇《ばら》の花束を差し出された。

『迎えに来たよ、キアラ』

『はい？』

戸惑うわたしに花束を押しつけたモーリスは、狭いアプローチに膝をつき、胸ポケットから取り出した宝石箱をぱかりと開けた。

『ぼくと結婚してくれ！』

大粒のダイヤがはまった婚約指輪を見たら、背筋がゾッとした。

『あ、人違いです』

わたしは、訪ねる家を間違えてますみたいな顔で扉を閉めた。鍵もしめた。ついでに、部屋に飾ってあった甲冑《かっちゅう》を扉の前に移動させて、入念に出入り口を塞いだ。

いきなり閉め出されたモーリスは、激しく扉をノックする。

『何も間違っていないよ。君のその宝石みたいに美しい瞳や絹を織り込んだような髪、何より子猫みたいに愛らしい顔立ちを、ぼくが忘れるはずないじゃないか！』

亡くなった母に似て整った顔立ちやローズクウォーツ色の大きな瞳、手入れをしなくても艶のある亜麻色の髪は、生まれ持ったお気に入りだ。

けれど、そのせいでストーカー被害にあう日が来るとは思わなかった。

扉の向こうで、モーリスはハァハァと息を荒くしていた。

『ここを開けておくれ、マイスイートハニー！』

『わたしはあなたのハニーじゃありません！　お願いだから帰ってください！』

『恥ずかしがっちゃって。可愛《かわい》いな、ぼくちんの花嫁ちゃんは！』

話しても埒が明かない。

身の危険を感じたわたしは、キッチンの小窓から表に転がり出た。

密《ひそ》かに逃げようとしたところをモーリスに見つかって、運命をかけた徒競走になったのだ。

「モーリスは、うちの家業である宝石商・エドウィージュ商会の客だったんです。宝飾品を見定めるついでに、お茶出しをしていたわたしに目をつけたらしくて」

それからというもの、モーリスは用もないのに店に来ては働くわたしを舐《な》めるように見ていた。

世間話に付き合わされるついでに食事に誘われたこともある。

その場で断ったけれど。

サイズの合わないドレスや靴を送りつけられたこともある。

着払いで送り返したけれど。

そうやって迷惑行為を跳ね返してきたが、ついに強硬手段に出られてしまった。

「失礼。僕には、よくある貴族の見初め話にしか聞こえないのだが」

突然の横やりに、わたしははっとした。

誰もいないと思っていたのに、礼拝用のベンチの最前列に、濃紺のローブマントを羽織った十歳くらいの少年が座っていた。

（わぁ……綺麗《きれい》な子）

わたしは、一世一代の危機に瀕《ひん》していることも忘れて少年に見入った。

白い肌は雪原のようになめらかで、アクアマリンを思わせるセレストブルーの瞳は大きい。サラサラした銀髪は鏡のようにきらめき、ツンとした唇や細い眉には高価な美術品みたいな気品がある。

まるで職人の手によって精巧に作られたお人形だ。

こんなに美しい人は今までの人生で見たことがない。

見とれるわたしに、少年は涼やかな声で言う。

「その貴族は、己の財力と権力を誇示して安心感を与えようとしたのでは。贈り物も噂《うわさ》も、貴方《あなた》に好きになってもらいたい一心だったのだろう」

モーリスの肩を持つ少年に、わたしは分かってないなと落胆した。

「好きだったら何をしてもいいわけじゃないわ。高価な贈り物を与えれば女はなびく、みたいな発想が気持ち悪いのよ。わたしが貴族に言い寄られて喜ぶような人間じゃないって、ちゃんと見ていれば分かるはずだもの」

不服を吐き出すと少年は瞳を見開いた。

心の底から驚いた、そんな表情だ。

「貴方は、贈り物をもらうよりも自分を見てほしいのか?」

「女性はみんなそうよ。だけどモーリスは、わたしに結婚してほしいと言う割に、わたしが嫌がっていることには気づかないわ」

贈り物も口コミも、こうすれば女はメロメロになるという情報に踊らされているだけだ。

本当にわたしという人間を愛しているなら、そういうアピールに興味がないことくらい見抜けるだろう。

モーリスはわたしを見ていない。

自分の中にある偏った女性像にわたしを当てはめて、分かったような気になっている。

「わたしは、わたしの気持ちを無視する人とは結婚したくない。相手が王子様でも、魔法使いでもね。望まない結婚をするくらいなら一生独身がいいわ」

わたしのようなお転婆が貴族に求婚されるのは、きっとこれで最後だ。

いつか、お金持ちと結婚したどこかの娘を、死ぬほどうらやむ日が来るのかもしれない。

それでもいい。

自分の気持ちに嘘《うそ》をつくぐらいなら、意地を張って不幸になった方が。

披露宴で泣いていた従姉のように、憐《あわ》れな女にだけはなりたくなかった。

「司教様、お知恵を貸してください。わたしはモーリスとだけは結婚したくありません。他のことなら何でもします。あの男の求婚から逃れる方法はありませんか？」

「今、何でもと言いましたね？」

「はい」

立ち上がって力強く答えると、司教はベールの下で微笑んだ。

「それならば、とても良い考えがあります」

聖杖がカツンと床を叩く。

杖《つえ》の先にはまった宝石から魔法の光が生まれ、渦を巻いて宙に上り、四方に飛び散った。

舞い降りてきた光はぼた雪のようだ。

ぽわぽわした輝きが一つにまとまっていき、やがてシャランと優雅な音を立てて長方形に輝いた。

「これは……」

現れたのは、燐光《りんこう》をまとった羊皮紙が一枚。

流れるような文字で『結婚契約書』と記されている。

満足げに頷《うなず》いた司教は、聖杖の先を腰を上げた少年に向けた。

「スノウリー・セレスティアル。あなたは、半年後に開かれる建国千年の記念式典に成人貴族として参加するため、結婚を希望しているのでしたね？」

「そうだ」

次に、聖杖はわたしに向けられる。

「キアラ・ルクウォーツ・エドウィージュ。あなたは、嫌いな貴族からの求婚を一時でも退けられるのなら、何でもするのですね？」

「はい」

緊張ぎみに頷くわたしを、肩より低い位置から少年が見上げてくる。

不ぞろいなわたしたちに、司教は教鞭《きょうべん》のように聖杖を立ててズバリと言い放った。

「では、二人で結婚しなさい」

「「え？」」

わたしは少年と顔を見合わせた。

あまりに唐突で相手もびっくりしている。

そんな表情も綺麗だったけれど、今のわたしに見とれる余裕はない。

「ここにいる彼――スノウリーさんと結婚しろっておっしゃるのですか？　この国の婚姻年齢は十六歳からです。見たところ、彼には不可能だと思います」

「心配ありません。王侯貴族に限って年齢に関係なく婚姻できるのですよ。彼の家は公爵位についているので、今すぐにでも結婚が可能です」

「でも！　嫌な貴族からの求婚を断るために、別の貴族と結婚するなんて……」

ためらっていると、ギギっと蝶番《ちょうつがい》が動く音がした。

ひんやりした礼拝堂に、陽光で暖められた外の空気が流れ込んでくる。

嫌な予感に振り返れば、滝のように汗を流したモーリスが扉を押し開けていた。

「マイスイートハニー、こんなところにいたんだね……」

「ひっ！」

恐怖で固まるわたしに、モーリスはゆらりゆらりと歩み寄ってくる。

薄い髪の毛の間から上がる湯気や、たぷんと揺れるお腹《なか》の脂肪に嫌でも目がいってしまう。

モーリスと結婚したら、毎日あの清潔感のない体で迫られるのだろうか。

気持ち悪いあだ名で呼ばれて、汗ばんだ手で抱き寄せられて、無理やりキスされたりするのだろうか。

想像するだけで気持ち悪くて、わたしの体はガタガタ震えた。

(そんなの絶対に嫌！)

どうせ不本意な結婚をするなら、だいぶ年下でもスノウリーさんと結婚した方が一万倍、いいや十億倍くらいマシだ。

覚悟を決めたわたしは、涙目で説教台にしがみついた。

「司教様。そのお話、のります！」

「ならば、これにサインを」

浮かび上がった羽根ペンを掴《つか》んだわたしは、結婚契約書に名前を書き込んだ。

少し雑になってしまったけれど読めないことはない。

「はい！　あなたも！」

「ああ……」

ペンを渡すと、スノウリーさんもおずおずといった様子で記名する。

こちらは年齢にそぐわず達筆だった。

二人の名前が並んだら、契約書はさらに輝きを増した。

「これで結婚が成立したの？」

「そうらしい。結婚がこんなにも実感の伴わないものだとは思わなかった」

わたしたちの会話を聞きつけて、モーリスはぴたりと足を止めた。

「今の紙はなんだい、ハニー？」

「モーリスさん。わたし、結婚しました。ここにいるスノウリーさんと！」

声高に知らせるが、モーリスは大きなお腹を抱えて笑い飛ばす。

「嘘をつくんじゃない。そのお坊ちゃんはどう見ても十六歳には見えないよ！」

「誰が子どもだ……」

子ども扱いにイラッときたスノウリーさんは、カツンと踵《かかと》を鳴らしてモーリスと向き合った。

「見た目の年齢がどうだろうと貴殿に笑われる覚えはない。僕はセレスティアル公爵だ」

「セレスティアル公爵……？　まさか、あの最強と謳《うた》われる国家魔術師⁉」

わたしは知らなかったけれど、スノウリーさんはかなりすごい人らしい。

青ざめたモーリスは、半泣きでわたしに確認を取る。

「キアラ、嘘だろう？　嘘だよね？　嘘に違いない！」

「無意味な三段活用はやめて。これが証拠よ」

わたしが結婚契約書を突きつけると、モーリスは「そんな、ばかな……」と口走りながら、ドシャリと床に倒れた。

毒でも飲んだみたいに白目をむいて、口からぶくぶくと泡を吹いている。

「し、死んでる――――！」

「気を失っているだけだ。君が僕と結婚したのが、よほどショックだったんだろう」

モーリスの脈をとって生死を確かめたスノウリーさんは、探るような目で私を見上げた。

「本当に良かったのか。相手が僕で」

「他に方法はなかったもの。お互いに事情があっての結婚なんだから、業務契約みたいなものだわ。あなたは記念式典に成人として出るために、どうしても結婚相手が必要だったんでしょう？」

血脈を重視する王侯貴族は、幼いうちに家督を継いだり儀式に出席したりする必要があるため、結婚した時点で成人と見なされる。

半年後に開かれる建国千年の記念式典は、国を挙げての一大行事だ。

建国記念日は毎年お祭り騒ぎだけど、今年は前後二週間を加えた一カ月は盛り上がる予定。

節目の大事な式典だからこそ、スノウリーさんも成人貴族として出席したいと思ったはずだし、今から大急ぎで準備しないと間に合わない。

「愛し合って結婚した夫婦ってことにして、式典が終わったら円満離婚すればいいのよ」

「君が話にのったのは、そういうことか……」

スノウリーさんは何だか残念そうだ。

どうして喜ばないんだろうと思っていたら、司教に声をかけられた。

「簡単に離婚はできませんよ。契約書をよくご覧なさい」

わたしはスノウリーさんと共に、サインの乾ききらない契約書をのぞき込んだ。

己の意思で結婚するという同意文の下に、こう書かれている。


『――次の契約内容を遵守すべし。

一、行ってらっしゃいのキスをすること
二、二人で出歩く時は腕を組むこと
三、相手からの贈り物を一つ身につけること

四、寝室を共にすること
五、隠し事をしないこと
六、お互い以外とダンスを踊らないこと
七、心から愛し合うこと

以上、七項目を頭から履行せよ。

健闘を祈る。オブシディア魔法立国女王クラウディア――』


「この契約内容って？　それに女王って？」

混乱するわたしとは対照的に、スノウリーさんは冷ややかに司教を睨《にら》みつけた。

「このやり口。貴様は、もしや――」

「ははは っ！　今ごろ気づいたか、スノウリー！」

司教は高笑いしながらベールを脱いだ。

まとめ髪にしたブロンドや勝ち気そうな顔立ちはわたしでも知っている。

この国の統治者であるクラウディア女王だ。

わずか十六歳で王位について、四十年もの間、一度も公務を休まずに国を治めている様から通称・鋼の女と呼ばれている。

鋼に例えられる通り、きびきびした動きは年齢の衰えを感じさせないし、溌剌《はつらつ》とした話し方も年末になると魔法のスピーカーで国中に流される女王の演説そのままだ。

　まさかの人物と対面した驚きに、わたしの声は上ずる。

「ど、どど、どうして女王陛下がこんな小さな礼拝堂に？」

「スノウリーに気づかれないように魔法で姿も声も変えていたのさ。結婚相手が見つからなくて困っているのに、後見人であるアタシに相談しないで町で用立てようなんて、水くさいにもほどがあるね！」

　女王というより盗賊団の親分と言われた方がしっくりきそうな表情で、女王はスノウリーさんに笑いかける。

　対するスノウリーさんは、美貌をこれでもかと歪《ゆが》めて敬語も使わずに応じた。

「僕に嫌がらせをするためにこんなことをしたのか？」

「いいや、そなたの幸せを望むからだ。オブシディア魔法立国最強の魔術師よ。相手は見つけてやったから、あとは思う存分いちゃいちゃして新婚生活を謳歌しな。心配しなくても体には心がついてくるものさ。条件をこなしているうちに、本物の愛が芽生えるかもしれんぞ？」

「そんな結婚は望んでいない。まだ五十六年しか生きていないくせに、お節介もたいがいにしろ」

　心底気に入らないといった表情で、スノウリーさんはわたしに言う。

「この結婚は破棄する。契約書を破いてくれ」

「わ、分かったわ」

わたしは契約書を掴んで力を込めた。

てっぺんに切れ目が入った時、異変は起こった。

キインと耳鳴りがしたと思ったら、足下から氷の柱がいくつも突き出したのだ。

「えっ、えっ、えええー!?」

動揺している間に、わたしの体は爪先から頭まで氷漬けになってしまった。

見た目は水晶に閉じ込められたみたいだ。虫入りの琥珀《こはく》にも似ている。

透明な氷はひやりと冷たく、体が固まって指先すら動かせない。

自由にできるのは目と口だけ。

『なによ、これ！』

「魔法だ……」

あ然とするスノウリーさんに、女王が自慢げに教える。

「その契約書はアタシが魔法で生み出したものだよ。破棄しようとすれば、ペナルティとして氷晶魔法が発動するようになっている。アタシを頼らなかったらどうなるか、その身で味わうがいい！」

声高に叫んだ女王は、司教服の裾を持ち上げて靴の踵を鳴らす。

体がふわりと浮き上がり、その場で煙のように消えてしまった。

『今のも魔法？』

空間転移なんて初めて見た。

スノウリーさんは女王が消えた天井を忌々《いまいま》しげに見上げる。

「どうしてこう自分勝手なのか。だから僕が頼らなくなったのだと、なぜ分からない……」

『スノウリーさん、ささ、さむいんだけど』

「すぐに助ける」

スノウリーさんは、ローブから腕を突き出して氷の柱ごと私を抱きしめた。

すると、氷は水蒸気に変わった。凍りついていた私は解放される。

「氷が消えたわ！　どうして助ける方法が分かったの？」

「僕はこの国に仕える国家魔術師だ。魔法には多少の覚えがある。それに、契約書の最後に目を凝らさなければ見えないほど小さな字で、ペナルティについて書いてあった」

「えっ？」

契約書を確かめると、『女王クラウディア』の後ろに注意書きがついている。
※この契約書には魔法がかけられています。
破った場合は、ペナルティとして氷晶魔法が発動します。解凍する場合は、日光に当

てて六時間ほど置くか、結婚相手に抱きしめてもらってください。


完全なる後出しだ。

不利な契約書を突きつけられたわたしは、悔しくて地団駄を踏む。

「なんて注文の多い契約書なの！　こんな小さな字、気づきようがないじゃない。大事なことは目立つように大きく書いてくれればいいのに。これじゃ詐欺と同じよ！」

「いかにも、あの人がやりそうなことだ」

スノウリーさんも沸々と憤っている。

でも、当の女王は消えてしまったし、怒っていても状況は変わらない。

わたしは破きそこなった契約書を前に、眉根を寄せて考えた。

「契約書を破ると氷漬けになってしまうということは、式典を終えても離婚できないってことよね……」

「方法はあることにはある。条件つきの魔法契約を破棄するためには、魔法をかけた本人を亡き者にするか、契約条件を全てこなして魔法を解いてしまうかのどちらかしかない」

「女王陛下を亡き者にするだなんて。そんなことできないわ」

「僕もだ。あの人の手の平で転がされるのは腹立たしいが、七つある項目を一つずつ達成していくのが離婚への近道になる。キアラ殿、協力してもらえるだろうか」

小さな手が差し出されたので、わたしは力強く握り返した。

スノウリーさんの手は雪みたいにひんやりと冷えている。

「協力じゃなくて共闘よ。絶対に離婚してやろうね。わたしの名前は呼び捨てでいいわ」

「僕のことはスノウと呼んでくれ。頑張ろう、キアラ」

離婚への意気込みを確かめ合うと、契約書はくるくると丸まって、わたしの胸に吸い込まれていった。

「え？　今のはどこにいったの!?」

「君の体の中にしまわれたんだ。失《な》くさないように大事に持っていてくれ」

人体を金庫にしてしまうとは、魔法はやっぱり不思議だ。

そして、そんな契約書を作った女王の気持ちもさっぱり分からない。

何はともあれ、わたしはモーリスから逃げきれた。

こうして、セレスティアル公爵スノウとの、数奇な結婚生活がスタートしたのである。

第二章　旦那様はおねだり上手

倒れたモーリスを教会の人に託《たく》して、わたしとスノウは礼拝堂を出た。

少し休めたおかげで足首の痛みは治まっている。

二人で向かうわたしの実家は、商業ストリートの一角にある宝飾店だ。

ストリート側には商品の宝石を並べた展示室と商談室が、裏手の居住ゾーンにはキッチンなどの水回りと居間が、二階に上ると寝室や書斎がある。

わたしたちは、ランプや果物籠が雑多に置かれた居間で、父親であるブラウ・エドウィージュと向き合って座った。

「さて、お話とは何かな？」

栗《くり》色の髪を撫《な》でつけ、丁寧にアイロンをかけたシャツを身につけた父は、良い宝石を見分ける目利きであり、周りから愛される朗らかな商売人である。

けれど今、深く腰かけて両手を組んでいる彼から感じるのは、ものすごい威圧感だ。

自分の親なのに知らない大人と面会しているみたいで、わたしは緊張した。

ソファに隣り合うスノウの方が年上みたいに落ち着いている。

「はじめまして。僕はスノウリー・セレスティアルと申します。このたび、娘さんと結婚させていただきました」

白さ際立つジャボタイをつけて、短いズボンから膝を出した子どもから聞こえたオーソドックスな結婚の挨拶に、父はふるふると震え出した。

「結婚ってどういうことだい、キアラ。そんな話、私は聞いていないよ」

「挨拶が遅くなっちゃってごめんなさい。彼のお仕事が忙しくて都合が合わなかったの」

わたしは、まるでスノウと以前から付き合っていたようにごまかす。

正直に『モーリスと結婚したくないから、代わりに出会ったばかりの少年と結婚しました』と明かすのは、ここに来るまでの間にスノウと話し合ってやめた。

自分で考えても突拍子もない結婚だ。しかも魔法の契約書に縛られている。

父に余計な心配をかけないためには嘘《うそ》をつくよりない。

「挨拶が遅くなったのを怒っているんじゃない！」

父が珍しく声を荒らげたので、わたしは思わず目をつむった。

怒りと困惑が交じり合った顔つきの父は、黙ってしまったスノウを見て、感情のやり場を見失ったようにうなる。

「私は亡きお母さんと、キアラをこの世で一番幸せな娘にすると約束したんだ。結婚相手についても慎重に考えていたのに、相談もなくこんな子と結婚だって!?　そもそも君、結婚年齢に達していないだろう。娘が欲しいなら大人になって出直してきなさい！」

「僕は単なる子どもではありません」

スノウはむっとした様子で反論した。

「これでも正当な、セレスティアル公爵家の当主です」

「当主……ということは、君があのセレスティアル公爵なのかい!?」

父はよろけて椅子から転がり落ちそうになった。

その狼狽《ろうばい》ぶりときたら、店に野犬が入り込んでお客様用の椅子をめちゃくちゃに噛《か》まれた時より大きかった。

そういえば、モーリスも〝セレスティアル公爵〟という名前に驚いていた。

スノウの家が有名なら、これを利用しない手はない。

わたしは真剣な表情を作って、父に結婚を急いだ理由を語る。

「お父さん。スノウは、わたしをモーリス・グランダロスから助けてくれた恩人なのよ。モーリスの求婚に困っていると聞いて、それなら自分と結婚しようと言ってくれたの。子どもの割にしっかりしているし、なにより有名な貴族なんて、みんなが言っていた理想の相手だと思わない？」

「うぅーん？　グランダロス子爵の息子にやるよりはいいのか……？」

父の気持ちがグラグラ揺らいでいる。

あと一押しだ。

わたしは取り出したハンカチを目元に押し当てて、泣いているふりをした。

「たった一人の親に認めてもらえないなんて悲しい。スノウを追い返したら、お父さんのこと嫌いになっちゃうかも……」

「それだけは許しておくれ！」

父は床に崩れ落ちて、両手で顔を覆った。

「キアラがお嫁にいってしまう日がこんなに早く来ると思わなくてどんな顔をしたらいいのか分からないんだよ。相手がどこの馬の骨とも知れない男だったら堅物な父親ぶって『娘を泣かせたら承知しないぞ』とか『首を洗って出直してこい』とか言えるのに相手が公爵じゃ言えないじゃないかっ！」

「お父さん、すごい早口で言うのはやめて。スノウがびっくりしてるわ」

父に圧倒されていたスノウは、手で口元を隠してわたしに囁《ささや》く。

「君のお父様は、情緒に問題を抱えた方なのか？」

「少しおっちょこちょいではあるけれど、ここまで抜けている人ではないわ。一人娘がいきなり結婚したショックで、一時的におかしくなっちゃってるのかも……」

常日頃から父に溺愛されているのは感じていたが、ここまで取り乱すとは思わなかった。

でも、どんなに反対されても、わたしはもう結婚してしまったのだ。

契約書の項目を達成するまで離婚はできない。

記念式典の準備のため、しばらく実家を離れるので、父には理解してもらわなければ。

「お父さん、あまり心配しないで。わたし、すぐに帰ってくるから」

「すぐに帰るだって⁉　それはいけない！」

父は、跳ね起きてわたしの肩を掴《つか》んだ。

「よく聞くんだ、キアラ。異なる家庭で育った二人が、いきなり家族になるのは難しいことなんだよ。思い描いていた生活と違うのは当たり前だ。実家に帰りたくなることもあるだろうが耐えなさい。思ったことを素直に口や顔に出してはならないよ。君は綺麗なのに、どうにも正直に物を言いすぎるところがある！」

「わかったわ。じゃあしばらく帰ってきません。スノウのお家《うち》で幸せに暮らしているから、心配しないでね」

物分かりよく頷《うなず》けば、父は安堵《あんど》した顔で座り直した。

「そう、それならいいんだ！　あれ？　結婚を認めるって言ったかな？」

「家族になるのは難しいけど頑張りなさいって言ったじゃない。ねえ、スノウ？」

「ああ。認めてくださってありがとうございます、お義父《とう》様」

「お、おとうさま……！」

ショックを受けて灰になった父を残し、わたしたちはそそくさと立ち上がった。

長居すると、また結婚を認めないと騒ぎ出すかもしれない。

大急ぎで準備した大きめの旅行バッグを持ち上げたら、ポールハンガーにかけてあったローブを羽織るスノウが首を傾《かし》げた。

「君の荷物はそれで全部なのか？」

「そうよ。普段着が三着と、お出掛け着が一着と靴下と下着。それさえあれば、しばらく生活するには十分だもの」

わたしはあまり物持ちではない。

思いっきり動けて汚れたらザブザブ洗える衣服が至高だと思っているので、他の少女みたいに流行を追いかけてクローゼットを埋める習慣がなかったのだ。

持っている服といえば、店に立っても様になるような飾り気のないワンピースやジャンパースカート。

着回すのは得意なので、その中から数着を厳選してバッグに詰めた。

「……馬車まで運ぼう」

スノウが指を鳴らすと、指先から魔法の光が飛び出した。

光は旅行バッグの周囲を飛び回る。目で追っていたら、突然ふっと重みが消えた。

「急に軽くなったわ」

「重力魔法をかけた。手を離してみるといい」

半信半疑で指を取っ手から抜く。

しかし、バッグはそのまま宙に浮いている。

「すごい。こんな魔法は見たことないわ！」

「僕も、こんな簡単な魔法で喜ぶ人間は初めて見た」

わたしは手ぶらで正面扉を開ける。

道路に出る短い石段の下には、スノウが乗ってきた三頭立ての馬車が停められていた。

白馬が引く客車には、雪の結晶を模したセレスティアル公爵家の家紋が彫り込まれていて、一目で上流階級の持ち物だと分かる。

豪華な馬車を見ようと、近辺の住民が集まって人だかりができていた。

御者がいたら追い払えただろうが、誰も乗っていないので見放題だ。

わたしの旅行バッグは、流れ星のように光をなびかせながら飛んでいき、馬車の後方に収まった。

「ちょっとキアラちゃん。これお貴族様の馬車じゃないか。どうしたんだい？」

そう尋ねてきたのは、いつも作りすぎたお惣菜《そうざい》をお裾分けしてくれる隣家のおばさん。結婚で苦労したらしく、しきりにお金持ちとの結婚を勧めてくれた人だ。

わたしは「彼と結婚したんです。父をよろしくお願いします」と告げて、スノウと共に馬車に乗り込む。

おばさんは、どうして相手がモーリスじゃないのか聞きたそうにしていたけれど、スノウが一睨《にら》みすると怯《おび》え上がって口を閉じた。

わたしは心の中で謝る。

（嘘をついてごめんなさい。セレスティアル公爵夫人として記念式典まで過ごしたら、すみやかに離婚して戻りますから）

座席に体を落ち着けたスノウが「進め」と命じれば、馬車はひとりでに走り出した。

手綱に馬を操る魔法がかかっているのだ。

どんどんスピードを増す車輪。

車窓の景色は後ろへ、後ろへと流れていき、わたしの家はすぐに見えなくなってしまった。

「魔法って便利ね。わたしも才能があったら使ってみたかったな」

魔法は、魔力を持って生まれた一部の者だけが扱える。

才能豊かな者は、国立魔法学校に通って魔術師になり、政務や国防にたずさわる魔法中枢局に勤めるのが一般的だ。

ちなみに、王侯貴族は魔力持ちが生まれやすい血筋である。

うらやましがっていたら、スノウに瞳をのぞき込まれた。

「君も使えると思うが。眼球に魔力持ち特有の輝きがある」

「でも、身の回りで不思議なことは一度も起きなかったわよ？」

庶民の魔力持ちが分かるのは、魔法を使ったとしか思えない出来事が起きるからだ。目や髪の色が急に変化したり、家具を宙に浮かせたり、動物と話し出したりする。

だが、わたしにそんな経験はなかった。

スノウは、そんなはずはないと首をひねる。

「僕の気のせいではないと思うが……。別に、うらやましがられるものでもない。魔法は便利なだけではなく、計算高く獰猛《どうもう》だ。その恐ろしさは君も体感しただろう。ルールから外れれば人だって凍りつかせるし、そのまま放置されれば凍傷はまぬかれない」

「そう考えると怖いわね。契約書にかかっている女王陛下の魔法って」

女王の氷晶魔法を解除しなければ、わたしとスノウは離婚できない。

式典までは半年あるので、その間に全ての項目を達成する必要がある。

契約婚ではあるけれど、スノウの妻としての役目はしっかりこなすつもりだ。

下町を抜けて、貴族や富豪の邸宅が建ちならぶ高級住宅街に入る。

銀色の柵の隣を延々と走っているなと思ったら、客車に入れられたのと同じ紋章が掲げられた門にたどり着いた。

『ビー、ビー、ケンモン』

ガシャガシャと物音を立てながら顔を見せた門番は、丸いボタンの目を持つブリキ人形だった。セレスティアル公爵家の紋章を確かめると『ゴウカク』と目を光らせる。

自動で開いていく門に圧倒されるわたしに、スノウが説明をくれた。

「あれも魔法で動いている。この門をくぐるとセレスティアル公爵家の敷地だ」

「ここが全部なの？」

流し見てきた豪邸とは規模が違う。

一軒家というよりは、一区画というべき広さだ。

スノウの命令で馬車は再び走り出した。

煉瓦《れんが》敷きの小道の両脇には、スノードロップの白い花が咲き乱れている。

もう春なのに冬の花が盛りなのは不自然だから、何かしらの魔法がかかっているようだ。

遠くにある針葉樹の林を流し見て、七色に輝く池を通り過ぎていくと、やがて前方にすわ宮殿かと思うほど立派なお屋敷が現れた。

エントランス前で馬車を降りたわたしは、ぽかんと建物を見上げる。

「大きい……」

お屋敷の壁肌は水色に塗られていて、窓枠や飾り円柱、バルコニーといった要所は白い。

美しい二色のコントラストを彩る金色の装飾は、磨き上げた宝飾品みたいだ。

「こんなに立派なお家は初めて。迷わないかしら」

「すぐに慣れる。君が馬鹿でなければ、だが」

高圧的な物言いに、わたしは「うっ」と声を詰まらせた。

しれっと降りてきたスノウは、指を鳴らして旅行バッグを宙に浮かせる。

（お願いしなくても運んでくれるみたい）

貴族はみんな、モーリスみたいに偉ぶっていて、荷物運びなんてしないと思っていた。

けれどスノウは、率先してわたしの父に挨拶をしたいと申し出てくれたり、迎えに家の馬車を使わせてくれたり、わたしを気遣ってくれる。

少し口は悪いけれど、性根の腐った人ではないのだ、きっと。

「運んでくれてありがとう、スノウ」

感謝の気持ちを込めて笑いかけたら、彼は当惑したように眉根を寄せて、ふいっと横を向いた。

「さっさと中に入れ」

そう言って一人でお屋敷に入っていく。

「あれ？　冷たくなっちゃった……」

一瞬見えた親切さは雪のように消えてしまった。

慌ててわたしもお屋敷に入ると、数歩先にいたスノウが、金糸で刺繍《ししゅう》を入れたローブをふわりと舞わせて振り返る。

「セレスティアル公爵邸へようこそ。今日からここが君の家だ」

クリスタル製のシャンデリアがパッと灯《とも》る。

真っ先に目に入ったのは白い床だった。

ピカピカの大理石が、だだっ広い床に敷き詰められている。

天井は驚くほど高く、一階から三階までつらぬく大きな階段は手すりが金色だ。

柱時計や壁際のチェストも白で統一されていて、細やかな金縁の装飾が美しい。

庶民の感覚で暮らしていたら、あっという間に手垢《てあか》で汚れそうで、わたしは緊張する。

(この綺麗なお屋敷を、絶対に汚してはいけないわ)

スノウは罵りながらも許してくれそうだけれど、彼の家族に「なんだこの野蛮な嫁は」と思われたら、契約書の項目をこなす以前に追い出されてしまう。

義理の家族に気に入られるのも妻の大事な務めだ。

「わたし、スノウのご家族に挨拶したいわ。どちらにいらっしゃるの？」

「僕に家族はいない」

そっけない答えが返ってきて、わたしは面食らった。

「いないって、一人も？」

「そう言っているだろう。君が使う部屋まで案内する。ついてこい」

スノウの後に続いて二階に上ったわたしは、東側の廊下に案内された。

「ここが君の部屋だ」

「わぁ……！」

薔薇《ばら》が彫られた扉をくぐったわたしは、またもや感動した。

あてがわれた部屋は、実家の店舗部分と比べてもまだこちらの方が広い。

ダンスを踊れそうな一室には、ローズウッドの木目が美しい家具が並んでいる。

壁には貴重な革張りの本をぎっしり詰め込んだ本棚があるし、ローズ色のカーテンや絨毯《じゅうたん》は薔薇を模した織模様が魔法でキラキラ輝く。

猫脚のカウチソファには、真っ白いクマのぬいぐるみまで置いてあった。

「すごくかわいい！」

ぬいぐるみを抱きしめるわたしを一瞥《いちべつ》して、スノウはふんと息を吐いた。

「ここにある物は自由に使ってかまわない。本棚の本も、ライティングデスクの引き出しに入っているレターセットもだ。支度部屋とバスルーム、寝室は隣にある」

「寝室もわたし専用なのね」

心の中でほっとした。

さすがに契約婚の相手と添い寝するのは抵抗があったのだ。

スノウは、魔法で浮かせていたバッグを支度部屋に飛ばして言う。

「移動で疲れただろう。夕食まで好きに休んでいろ」

「馬車だったから疲れていないわ。すぐキッチンに案内して。ある材料を適当に使わせてもらうわね。何か食べたいものはある？」

「は？」

夕食を作るつもりでいたら、突然、スノウの顔から表情が消えた。

地雷を踏み抜いたことに気づいたけれど、後悔してももう遅い。

スノウは、ゴゴゴゴゴと黒雲みたいな陰を背負ってわたしに迫る。

「貴族の家では、食事は料理人が作るものだ。君はまだ公爵夫人の自覚がないのか……！」

「ひゃっ！」

ぴしゃっと怒りの雷が落ちた。美人の怒りは迫力満点だ。

わたしは叱られた子どもみたいに首をすくめる。

「仕方ないじゃない。わたしは十六年も平民だったのよ。庶民感覚は急には抜けないわ！」

「生まれ変わったつもりで改めろ。夕食は貴族らしく、君の言うお出掛け着とやらに着替えて食べてもらう。身の回りの世話をするブリキ人形の侍女をつけるから何でも命じるといい。彼女は君には決して背かない。十九時には迎えに来る」

それだけ告げて、スノウは部屋を出ていった。

ぽつんと残されたわたしの元に、支度部屋にいたメイド服のブリキ人形——人に近い見た目をしていて、名札には『アンナ』と書かれている——が近づいてきた。

アンナは門番と同じく魔法で動いているようだ。

わたしの荷物を支度部屋へしまい、お出掛け着のワンピースの皺を伸ばして着替えさせ、髪をセットし終えると壁際で動かなくなった。

一人寂しく待つわたしを、スカーフタイでおめかししたスノウが迎えに来た。

彼は、わたしの姿を見るなり開口一番に言う。

「……先ほどの服と何が違うんだ？」

素直な反応にガツンと頭を殴られた。

わたしの手持ちの中ではかなり上等な服だけど、貴族目線で見ると普段着とそう変わらないみたい。

ショックを引きずったまま食堂室に移り、クロスをかけた長テーブルにつく。

すぐに、記念日に食べるようなコース料理が運ばれてきた。

生野菜を酸味のきいたドレッシングであえた前菜。

砕いたアーモンドをのせたビスクのスープ。

メイン料理は白身魚のムニエルだ。レモンをきかせたバターソースが淡白な身によく合う。

デザートの木苺のムースも好みの味で、わたしはどの皿もぺろりと平らげてしまった。

（おいしかったわ。でも……）

ナフキンで口元を拭いながら、わたしはテーブルの向こうに座るスノウを盗み見る。

食事の間、世間話一つしてくれなかった。

わたしから話しかけても短く応じて後は無言。

（ちょっと冷たすぎじゃない？）

たしかに、わたしは庶民感覚が抜けなくて、便利な魔法も使えなくて、すぐに驚いたり感動したりするけれど、離婚するまではスノウの奥さんなのに。

(これで夫婦としてやっていけるのかな……)

他人行儀なまま食事を終えて、またスノウに送られて自室へ戻る。

「おやすみ、キアラ」

「おやすみなさい……」

もやもやした気持ちを洗い流したくてバスルームに行くと、アンナが入浴の準備をしてくれていた。シャワーで体を温めてベッドにもぐり込む。

灯《あか》りを落として目をつむったが眠くならない。

部屋が静かすぎるせいだ。

この屋敷には人が息づく気配がしない。

実家では感じられた家族のぬくもりもない。

スノウは、ずっとこんな環境で暮らしていて寂しくないのだろうか。

(後見人が女王陛下ってことは、スノウのご両親は亡くなっているのよね)

裕福ではないながら父と楽しく暮らしてきたわたしには、家族がいない生活なんて屋根がない家と同じだ。

びゅうびゅう吹き込む北風に冷やされて、心がくしゃみをしてしまいそう。

彼が沈黙しがちなのも、話し相手になる家族がいないせいかもしれない。

(期間限定ではあるけど、明るく楽しい家庭をスノウに作ってあげたいな)

そうしたら、いつか心からの笑顔を見せてくれるかもしれない。

まだ見ぬ表情を想像しながら、わたしは眠りについた。

◇　◇　◇

体がグラグラして目蓋を開く。

天井を背景に、わたしを揺さぶるアンナが見えた。

「んん……、もう起きる時間？」

時計を見ると八時少し前。眠れないといいながら、すっかり寝過ごしている。

ふかふかな高級ベッドがこんなに心地いいなんて知らなかった。

のっそりと起き上がってあくびをすると、アンナが絹のガウンを羽織らせてくれた。

ありがとうと言う間もなく、両脇の下に手を入れられて体が浮く。

「へ？」

わたしを小脇に抱えたアンナは、号令をかけられたみたいに走り出した。

あれよあれよという間に大階段を下りる。玄関ホールには人影があった。

「おはよう、キアラ」

それは、出掛ける準備を整えたスノウだった。

国家魔術師だけが身につけられるオブシディア魔法立国の国章がついたローブを羽織り、手には子羊革の手袋をはめている。

ローブは濃紺色で、前立てや裾に入れられた刺繍が美しい逸品だ。

銀のチェーンを下げた肩章には、なんと本物のサファイアが輝いていた。

白銀の髪は今日も素直で寝ぐせ一つない。

どこから見ても完璧な美少年である。

「出掛ける用事なんてあったの？　わたし、まだ何の準備もしてないんだけど」

やっと床に下ろされたわたしは、今しがた起きて顔も洗っていないネグリジェ姿だ。

アンナに運ばれたから裸足だし、櫛《くし》で梳《す》いていない髪の毛はくるくる絡まっている。

「出掛けるのは僕だけだ。仕事に行く」

「お仕事！　そうだよね。行ってらっしゃい」

「行ってきます……。ん」

スノウは、わたしの真正面で爪先立ちになった。

「どうかしたの？」

「僕はこれから出掛ける。君は僕の妻だ。だから――ん」

スノウは唇をきつく閉じて、さらに背伸びをする。

「ごめんなさい、『ん』だけじゃ分からないんだけど……」

「忘れてしまったのか」

呆《あき》れた顔でスノウが指を鳴らす。

すると、わたしの胸の辺りから、丸まった羊皮紙が飛び出してきた。

「わたしたちの結婚契約書だわ！」

契約書はひとりでに開いた。

七つの項目のうち、一つ目がキラキラと光り輝いている。


――一、行ってらっしゃいのキスをすること

「キス⁉」

「そうだ。君がしてくれないと、敷地を出た時点で氷晶魔法が発動してしまう。君がなかなか起きてこないから遅刻しそうなんだぞ。だから――ん」

スノウは、長いまつ毛を伏せて、わたしからのキスを待っている。

だけど！

「キスって好きな人にするものよ。契約婚相手にそんなことできないわ！」

すると、わたしの足下に霜が走った。

氷の柱がニョキニョキと伸びて、あっという間に全身が氷漬けになってしまう。

『また――――？』

「君は馬鹿か。なぜ同じ過ちを繰り返すんだ」

溜《た》め息をついて、スノウは氷ごと抱きしめて解凍してくれた。

「君は、契約書の項目をこなすために僕の家へ引っ越してきたはずだ。いちいち拒否していたら、永遠に僕の妻で居続けなくてはならないぞ」

「心の準備をする時間くらいくれたっていいじゃない！　わたし、初めてなのよ……」

涙目で訴えると、スノウの表情が険しくなった。

「今まで恋人は？」

「いなかった。恋もしたことないわ。だから、いきなりキスしろなんて言われても困るの」

キスはただ唇を触れ合わせるだけじゃない。

相手に心を差し出すに等しい行為だ。

それを、契約書にあるからといって、ほいほいできるわけがない。

しかも大事なファーストキス。無理だ。

わたしがアンナの後ろに隠れると、スノウはポケットから懐中時計を取り出した。

「心の準備には、どのくらいかかる？」

「一時間……いえ一日……いいえ、十日ぐらいは欲しい！」

「遅刻どころか連続欠勤で問題になる。もういい」

「きゃっ」

スノウは、わたしの腕を掴んでアンナの後ろから引きずり出した。

バランスを崩して前につんのめった瞬間、頬にチュッと触れられる。

「!?」

思わず叫びそうになる。

(スノウからキスされた！)

わたしは頬を手で押さえて目を丸くする。

「どど、どうして！」

「君ができないなら僕からするしかないだろう。契約書には、行ってらっしゃいのキスは妻からしなくてはならない、という指定はない」

言われて確認すると、たしかに見送る方がするという決まりはなかった。

それに、口にしなければならないとも書かれていなかった。

(なんだ、そういうことだったの!?)

わたしは体を這《は》い上がる熱で真っ赤に染まった。

てっきり唇をくっつけて、新婚らしい熱烈なキスをしなければいけないと思っていた。

早合点したあげく、ハレンチな想像までして恥ずかしい。

「顔から火を噴きそう……」

もだえるわたしをじーっと観察していたスノウは、ふと契約書の変化に気づいた。

「無事に達成したようだ」

「え？」

契約書を見れば、一つ目の数字の上に花丸マークが出現していた。

項目をクリアすると丸がつくシステムらしい。

「これで仕事に行ける」

清々した顔でスノウは契約書に触れる。

羊皮紙はくるくると丸まって、再びわたしの体内に入っていった。

「早く出ないと遅刻する。行ってきます」

「彼女とラブラブした翌朝だろ～？　遅刻ぐらい大目に見てくれるって」

唐突に話しかけられてスノウはフリーズした。

玄関口に寄りかかった見知らぬ男性が、それを見てニヤニヤしている。

人懐っこそうな顔立ちと短い髪が特徴的で、服装は厳格と噂の魔法騎士団のものだ。

立ち襟の団服に包まれた体は引き締まっていて、腰にさした剣鞘《けんざや》のすり切れ具合から、熱心に稽古しているとうかがえた。

「ラグリオ。いつ門の内側に入った」

「ブリキの門番に高級オイルを握らせて、ちょちょいのちょいっとな」

「うちの人形を買収するな」

スノウが指を鳴らすと、雪でできたハンマーが現れてラグリオの頭を叩《たた》いた。

ラグリオは「痛っ！」と悲鳴を上げたが、スノウは眉一つ動かさない。

「スノウ、この方は？」

「ラグリオ・カシスフィルド。不法侵入者だ」

不機嫌なスノウに、ラグリオはへこへこ謝る。

「待て待て～。謝るから犯罪者呼ばわりはやめて。お嬢さん、オレは不法侵入者じゃありません！」

ラグリオは、そう言って姿勢よく敬礼した。

一度腕を横に伸ばして、足をそろえると同時に肘を曲げる、魔法騎士お決まりの礼だ。

「制服でも分かると思うけど、女王陛下直属の魔法騎士団の一員なんだ。スノウとは職場が被《かぶ》っていることもあって大親友ってわけ！」

「親友と思っているのはこいつだけだ。ラグリオ、彼女はキアラ。僕の妻だ」

「へー、妻ね。妻、妻……はぁ――――っ!?」

「はじめまして」

わたしが挨拶すると、ラグリオは顎が外れそうなほど開けた口を手で支えた。

「スノウ、お前いつ結婚したんだ。ちょっと前まで、女性とどうやって知り合ったらいいか分からないって悩んでたくせに、いつからこんな美人と付き合ってたんだよ！」

「付き合ってはいない。教会で出会って、そこで結婚を決めた」

「嘘。お前ほどの美形だと、出会ってすぐのお姉さんが嫁になってくれんの？」

「顔と、爵位と、巡り合わせだな」

「か～っ！　うらやましい、妬ましい！　でもさ、その嫁さんを氷漬けにしてたのは、一体どういう了見だ？」

大騒ぎしていたラグリオは、人が変わったように真顔になった。

「お前、自分の嫁さんに凍傷を負わせる気か？　それとも、そんな魔法をかけなきゃ嫁さんを引き留められないのかよ？　お前が性悪だってのは知ってるが、女に暴力振るうような腐りきったクズに成り下がったってんなら、ここでボコボコに殴ってやる」

拳を握るラグリオを見返して、スノウは溜め息をついた。

「……事情を説明する。職場に遅刻の連絡だけさせてくれ」

スノウは、魔法で生み出した伝書鳩《でんしょばと》に、午後出勤のメッセージを結びつけて飛ばした。

この国では、手紙や宅配物を運ぶのは鳥類の仕事なのだ。

ラグリオを連れて入った応接間は、ガラス天板のテーブルと椅子が置かれただけの寒々しい部屋だった。

　セレスティアル公爵家は、建国当初からある名門貴族だというが、歴代当主の肖像画もなければ写真もない。

　飾られている花も魔法で瑞々《みずみず》しく見せている造花だ。

　三人でテーブルにつくと、アンナと同じ格好のブリキ人形が温かな紅茶とお茶菓子を運んできてくれた。

　ラグリオは慣れているのか驚かなかったが、ブリキ人形が使用人として働いているのはここくらいだろう。

　本来、魔法でできるのは単純作業まで。

　複雑な工程をこなさなければならない仕事は、依然として人間のものだ。

　ただの人形がこれほどのパフォーマンスを発揮できるのは、スノウの魔法が特に優れているからである。

　腰を落ち着けて、契約結婚するに至った理由を説明する。

　ラグリオは、信じられなさそうに目を細めながら顎をさすった。

「結婚は紙一枚でできる契約とはよく言うけど、二人とも思い切りが良すぎ。それにしても女王陛下の思い通りになったっていうのが怖いな。あの人、どんな苦難もやれば乗り越えられると本気で思ってる脳筋なんだよ。魔法騎士団には冬山でクマと戦わされる訓練があるんだ。団結力を高めるために必要だと陛下は考えているけど、そういうのいらないんだよな～」

「騎士団勤めも大変なんですね」

スノウとわたしを結婚させたのも、夫婦生活を送るうちに本物の愛が芽生えると女王が考えたからだ。契約婚でなぜ愛が必要なのかは、脳筋のみぞ知る。

それに、女王の思いつきでもこの結婚には意味がある。

わたしは両手を組み合わせてお願いした。

「ラグリオさん、どうかこのことは黙っていてもらえませんか。スノウは半年後の記念式典に成人貴族として出るために結婚したので、偽装がバレると困るんです」

「記念式典のためって……お前、あのことは話してないのか？」

あのこと？

わたしが尋ねるより早く、スノウはテーブルに置いていた鈴を鳴らした。

「話はこれで終わりだ。僕は仕事に行く」

「待てよ、スノウ！」

立ち上がったスノウを追って、ラグリオも応接間を出ていく。

やってきたブリキ人形に茶器の片づけを頼んで玄関ホールに向かうと、スノウは出勤した後だった。

残されたラグリオは、しゃがみ込んで頭をかいている。

「あ～怒らせた。ごめんな、キアラちゃん。あとでチクチク言われるかも」

「大丈夫です。それより、あのことって何ですか？」

「ごめん。オレの口からは言えない。でも、スノウがどんな人間なのか知ったら、どうでもいいくらい些細《ささい》なことなんだ。いつか自分から言うのを待ってやってほしい」

歯切れ悪く、けれどフォローも忘れないラグリオ。

スノウは認めたがらないけれど、わたしの目にはいい友人に映った。

「そういうことだったら待ちます。わたしはスノウが結婚してくれなかったら、嫌いな貴族との結婚話から逃げられなかったんです。お礼と言っては何ですけど、半年後の式典を終えるまでは彼の意思を尊重します。わたしはスノウの妻ですから」

正直に告げると、ラグリオは「やっぱいいな、結婚～」と叫んだ。


屋敷に一人残されたわたしは、着替えるために自室へ戻った。

向かったのは支度部屋だ。

百合傘《ゆりかさ》のランプがついたドレッサーや衝立《ついたて》が置かれていて、貴族の夫人はここで使用人に着替えさせてもらい、メイクを施して美しく装う。

ワードローブやチェストがいくつも並んでいたが、なにしろ私物が少ないので服も下着も手に取りやすいところにまとめている。

　わたしは、着慣れたブラウスとジャンパースカートを取り出して、アンナの手を借りずに一人で着替えた。

「これでおしまい。それにしても、わたしが使う部屋は人に見せるわけでもないのに可愛《かわい》い家具ばかりね」

『――旦那様が、奥様のためにと、ご用意されました――』

　ザザっと雑音混じりの声がアンナから聞こえたので、わたしは驚いた。

「アンナ！　あなた、話せたのね？」

『――今朝、旦那様が奥様の話し相手になるようにと、魔法をかけてくださいました――』

「スノウが？」

　ブリキ人形に魔法をかけるのも、特別な部屋を用意するのも手間がかかっただろうに、スノウはわたしが不自由なく暮らせるように準備してくれたらしい。

（それなのにわたしは、心の準備ができていないからキスは嫌だなんて我がままを言って、彼を困らせた）

　夫婦は助け合うものなのに、あまりに身勝手だ。

　これからは、恥ずかしがっていないで項目をこなしていこう。

　スノウと円満離婚するために。

決意した翌日。

わたしは早めに起きて身支度を整え、スノウと一緒に朝食をとり、見送りのために玄関ホールへ出た。

「行ってくる。キアラ、頬を」

スノウが行ってらっしゃいのキスをするため、背伸びして顔を近づけてくる。

わたしはドキドキする胸元を押さえて覚悟を決めた。

（えい！）

そばに来たスノウの頬にチュッと唇を当てる。

すると、彼は驚いた様子で後ずさった。

「今のは……」

「行ってらっしゃいのキス！　やっぱり、わたしからするべきでしょう？」

契約書に、夫と妻のどちらからとは書かれていなかったが、出掛ける側がしたらそれは〝行ってきます〟の意味合いが強い。

家に残るわたしからキスするのが自然だ。

「昨日は嫌がってごめんなさい。スノウにだけ責任を押しつけないで、これからはわたしからキスするわ。恥ずかしいけど……」

「……こんなの聞いてない」

漏れ聞こえた声に視線を上げると、スノウは頬を押さえて真っ赤になっていた。

「わたしからキスされるの、嫌だった？」

「嫌ではない！」

叫ぶように言い放って、スノウははたと我に返った。

「行ってくる」

早足で玄関を出て、待たせていた馬車に乗り込む。

わたしが扉の外まで見送りに出ても、客車の中で顔を背けていた。

隠しているつもりかもしれないけれど、髪からのぞく耳が赤い。

照れているみたいだ。

（スノウも慣れてね）

わたしたち、もう夫婦なんだから。

走り去る馬車に手を振って、わたしは妻としての最初の役目を終えたのだった。

◇　◇　◇

「待ってください！　わたし、何もかも初めてなんです。どうか手加減を――」

わたしは狭い鏡張りの個室で端に追いやられていた。

「申し訳ありません、セレスティアル公爵夫人。手加減は無理でしてよ」

ずんずん迫ってくるのは、首にメジャーをかけたマダム。

ふっくら太った手には、今期の新作だという夜会ドレスを掲げている。

「わたくし、あなたのような飾り気のない美人を、この手で飾り立てるのが三度のご飯より大好きなのですわ。さあ、お召し替えしましょう！」

「きゃ――――！」

着ていたワンピースを剥ぎ取られ、オフショルダーの華やかなドレスに着替えさせられ、首にはパールの三連ネックレスをはめられてしまった。

「うぅ……。無理やり着せられちゃった」

試着室のカーテンを開けると、スノウが魔法書片手にソファで待っていた。

「いいんじゃないか。君が着ていた、地味でろくな装飾もない服よりは」

辛辣なご意見をくれたスノウは、今日は仕事がお休みの日。

そして、ここは王室御用達《ごようたし》の仕立て屋だ。

上流階級にも人気で、社交の季節の前には予約が取れないと噂《うわさ》で聞いたことがある。

そんなお店にどうして二人でいるのかというと、半年後の記念式典で着る礼装用のドレスを作るためだ。

一回きりの式のために、わざわざ最高級のドレスを仕立てるなんて贅沢《ぜいたく》すぎる。そう思って拒否したら、スノウに「セレスティアル公爵家の格を落とすな」と叱られてしまった。

公爵邸からこの店まで魔法で直送されたので、抵抗もできなかった。

店主のマダムは、いきなり現れたわたしとスノウに驚いたが、事情を説明すると快くオーダーを引き受けてくれた。

そして、わたしは試着室へ押し込められて、サンプルを着せられているというわけ。

試着用のドレスなのでサイズは大きめだが、完成品と同じ素材が使われていて、レースもリボンも上品だ。生地には美しい艶があり、飾られた造花は魔法の効果で本物に見える。

高級品ってすごい。着ているだけで自分が尊い存在になったような自信が湧いてくる。

その自信は、庶民育ちのわたしには上手に噛み砕けない感情だ。

ついつい、そんな大それた人間じゃないと自分に言い訳したくなる。

「庶民出のわたしに、こんな豪華なドレスは着こなせないわ……。もう少し地味なドレスはありませんか？」

「ここでは扱っておりませんわ。どうなさいます、公爵？」

弱ったマダムに尋ねられて、スノウは魔法書をパタンと閉じた。

「キアラ。たとえ庶民でも、君ぐらいの年齢ならばこぞって派手な服を着ているだろう。レースや造花で飾り立てた少女たちをよく見る。君の私物はどれも質素だったとアンナから報告を受けているが、そういう衣装は嫌いなのか？」

「嫌いじゃないわ。わたしだって綺麗なドレスや宝石には胸が躍るもの。だけど、家は裕福ではなかったし、宝飾店の店員が華美な服装をするのは好まれないわ。結果的に、流行に左右されないシンプルな服ばかりになっていったのよ」

「だから、着飾るのに慣れていないというわけか……」

理由を聞いて一考したスノウは、ぼそりと呟《つぶや》いた。

「嫌いでないなら多めに作らせよう」

「え？」

スノウは淡々とマダムに言いつけた。

「このドレスを彼女に合わせて仕立ててもらいたい。他に、彼女に似合いそうなドレスをあるだけ持ってきてくれ。それに合う髪飾りもほしい」

「かしこまりました！　少々お待ちを！」

マダムは、猛牛みたいな勢いでバックヤードへ突撃していった。

真っ青になったわたしは、慌ててスノウを諫《いさ》めにかかる。

「そんなに必要ないわ！　契約婚した相手に贅沢させてどうするの」

「贅沢させるための浪費ではない。これは、君がセレスティアル公爵夫人として振る舞うための必要経費だ」

　きっぱり告げて、スノウは持っていた魔法書を蝶《ちょう》に変えて飛ばした。

　優秀な魔術師である彼は、簡単な魔法なら杖《つえ》も魔方陣もいらない。

「君には、訪問客の応対や夜会の同伴も務めてもらう。セレスティアル公爵家は貴族の中でも高位に当たるので、身分相応の格好をしないと面会相手に失礼だ。後見人である女王の顔に泥を塗ることにもなりかねない」

「そういうことなら、買ってもらおうかな……」

「そうしてくれ。それに――」

　スノウの手が伸びてきて、頬にかかる髪の毛を耳にかけられた。

「――僕が買ったもので君を着飾らせるのは、気分がいい」

「！」

　セレストブルーの瞳が細まったので、わたしはドキリとした。

　見た目は十歳くらいだけど、スノウは時折とても大人びた表情をする。

「そっ、そう？　無理しない程度にしてね」

　わたしの言葉をどう受け取ったのか、スノウはむっとした顔で手を下ろした。

「僕は高給取りだ。君に心配される覚えはない」

「スノウは国家魔術師だものね」

オブシディア魔法立国において魔術師の地位は高い。

民間の魔術師はおまじないから病気の治療まで幅広く行うし、国家魔術師ともなると国防や政治にも加わる。

もっとも、国に雇われるのは魔法学校を好成績で卒業した者だけ。

適性によって各機関に振り分けられて、担当する業務や給料にも差があるらしい。

「スノウって、どういうお仕事をしているの？」

「魔法中枢局の国家機密機関の主席……といっても君には分からないか。国にとって重要な機密の保持と、記念式典や戴冠式の執行、国を守る防護魔方陣の維持が仕事だ。有事の際は、前線に立って全ての魔術師を率いる」

「そんなにすごいの!?」

年齢的に新米かと思っていたが管理職に就いているらしい。

羨望のまなざしを送ったけれど、スノウは鼻にもかけなかった。

「すごくはない。国家機密機関の主席は、セレスティアル公爵家から輩出された魔術師でなければならないと規定されているだけだ」

「それでもすごいわ。国の防護魔方陣を維持しているってことは、わたしはずっとスノウに守られていたのね。いつもありがとう」

縁があったのが嬉《うれ》しくて笑いかけると、スノウはきゅっと口元を閉じてしまった。

「……別に」

ポーカーフェイスを気取っているが、染まった頬から本音が見える。

口は悪いし素直じゃない。

けれど、こうやって気持ちが隠せないから憎めないのだ。

(同じくらいの年齢だったら恋に落ちてたかも)

というか、スノウの実年齢っていくつなんだろう。

契約とはいえ結婚したのに、わたしはスノウのことを何も知らない。

「ねえ、スノウ。国家魔術師ってことは魔法学校を卒業しているのよね。あなた、一体いくつなの?」

たっぷりしたスカートを手で押さえてスノウの隣に座る。

わくわくした表情が気に障ったのか、彼の額にぴきっと筋が浮いた。

「……僕を子ども扱いする輩《やから》には教えない」

「子ども扱いなんてしないわ。旦那様の年齢を知っておかないと、他の貴族に話しかけられた時にボロが出るかもしれないじゃない」

「そんな相手は捨て置け」

「そう言わないで。ヒントだけでも!」

腕にしがみついてねだっていると、店の奥からマダムが戻ってきた。

「お待たせしました。セレスティアル公爵、公爵夫人」

後ろに連なる従業員が、ドレスや宝石を展示台に並べていく。

ひらめくチュールを重ねたティアードドレスや、ラメが星空のようにきらめくフレアードレスなど、どれもわたし好みのデザインだった。

「公爵夫人のご趣味に合わせて、派手すぎないものを選んでまいりました。わたくしのお勧めはこちらです」

マダムが取り上げたのは、緑色のサテン地に白い刺繍糸でスズランの模様が刻まれた、どこか異国風情のあるドレスだ。

「こちらは山渓国ギネーダからの輸入品ですの。ギネーダは、半年後の併合式典でオブシディア魔法立国の州となるので、流行に敏感な貴族はこぞってギネーダ産の物を買いつけていらっしゃいます。公爵夫人も、お一つ持たれてはいかがでしょう？」

山渓国ギネーダは、高い山脈と深い渓谷を擁する小国だ。

魔法の生まれた地とされていて、産出される宝石には魔力が宿っている。

そして、オブシディア魔法立国の建国伝説に出てくる場所でもある。

千年前、人里を荒らしていた凶暴な魔竜を、一人の大魔法使いが退治してギネーダの谷に封印し、苦しめられていた人が幸せに生きられるように平地に国を興した。

それがこの国のはじまりだ。

「スズランの刺繍は、ギネーダ人が使う『呪紋《じゅもん》』というおまじないだそうです。魔方陣によって魔法を操るオブシディア魔法立国とは異なり、山渓国ギネーダはまじないが伝統として残っているのですわ。こんな豪華なドレスに入れるのですから、きっと祝福の印でしょう」

「え？　それは違います」

マダムの知識が間違っていたので、つい口を出してしまった。

「スズランは、葉や花、茎に毒を持っています。ギネーダでは、今生の別れを告げる相手に渡す呪紋として使われるんです。特に用いられるのは離婚の時だそうです。結婚式で身につけた宝石や服にこの紋章を施して相手の枕の下に隠しておくと、すんなり離婚が進むんだって商人のおじさんが言ってました」

なめらかな説明に、マダムもスノウもぽかんとしている。

「キアラ、君はなぜギネーダの呪紋に詳しいんだ？」

「だって私、エドウィージュ商会の娘だもの」

エドウィージュ商会では、他国から持ち込まれた宝飾品も買いつけている。

多忙な父を助けるため、わたしも宝石の鑑定を手伝っていた。

「幼い頃から色々な宝石を見てきたおかげで目利きになったの。ギネーダの宝飾品には呪紋が施されていることが多いから、自然と詳しくなっていたのよ」

「なるほど」

納得したスノウは、勧められたドレスをマダムに突っ返した。

「申し訳ないが、縁起でもない格好を妻にさせたくはない。他の品を」

その後、わたしはさんざんドレスを試着させられ、髪飾りや羽根扇、高いヒール靴などの付属品も買いつけて、屋敷に運んでもらう手はずになった。

スノウが気に入ったというローズ色のワンピースに着替えて店を出る頃には、ぐったりと疲れ果てていた。

「貴族の服選びがこんなに大変だなんて知らなかった……。お屋敷でじっとしている生活で、体が鈍《なま》っちゃったみたい」

「何かしら動く機会を作った方がいいな。喫茶店で休憩しよう。ちょうど近くに僕の行きつけがある。……ん」

スノウが、曲げた腕をわたしの方に寄せた。

「腕がどうかしたの？」

「体だけでなく頭も貧弱なのか。今朝の話を思い出せ」

「今朝……あ！」

思い出した。朝食の後、わたしはスノウから街歩きに誘われたのだ。

着の身着のまま小さなバッグ片手に出掛けようとしたら、スノウにみすぼらしいと暴言を吐かれて、魔法でマダムの店に送られた。

そのせいですっかり忘れていたが、街歩きの目的は、結婚契約書に記された二つ目の項目に挑戦するため。

——二、二人で出歩く時は腕を組むこと

行ってらっしゃいのキスよりハードルが低く見えるが、他人の目がある場所でしなければならない分、心理的な負担が大きい。

「腕を組むって、手を添えるだけでもいいのかな」

緊張しながらスノウの腕に手を絡ませる。

すると、ほんの少しスノウの表情が緩んだ。

「行こう」

スノウは、普段の早足から想像もつかないほど、ゆっくりしたペースで歩き出した。

たぶん、疲れたわたしに合わせてくれているのだと思う。

彼の優しさはさりげない。

それに、わたしと何かするたびに喜んでいる気配がある。

長い間、一人きりだった反動だと思うと胸が締めつけられた。

(スノウ、ご両親とはいくつで別れたの？　兄弟はいないの？　親戚は、友達は、大切な女の子は今までいたの？）

聞きたいことは山ほどあったけれど、話してくれるまでは待つと決めた。

わたしの使命は、スノウの過去を暴くことではない。

彼の妻として頑張ることだ。

「項目を達成できているか結婚契約書を確かめないと。普段はわたしの体にしまわれているのよね？」

「ああ。だが、確認するのは喫茶店に行ってからにしよう。往来で出すと、契約内容を他人に見られる」

スノウの行きつけだという喫茶店に入る。

丸テーブルが置かれた個室で、紅茶を飲みながら契約書を確認すると、二つ目の条件にも花丸がついていた。

「これで二つ達成ね！」

輝きが消えないように帰り道でも腕を組む。

わたしと寄り添って歩くスノウを見て、すれ違った少女たちが頬を染めた。

気持ちは分かる。スノウの美貌はすごく目を惹《ひ》く。

今はまだ子どもだが、成長したらさぞかし美しい貴公子になるだろう。

その頃には、わたしはもう彼の妻ではないだろうけれど……。

どこかで再会したその時に、彼がわたしを覚えていてくれたら幸せだ。

「我が家の馬車が降車場に来ているはずだ」

「降車場へなら、こっちの道の方が近いわ」

わたしが示したのは裏路地だ。

表通りに比べると暗いが、道を大回りするより時短になるので、急いでいる日によく使う。

「近い方を通ろう」

スノウは裏路地へ足を向けた。

石造りの建物に挟まれた路地の空気はひんやりとしていた。

オブシディア魔法立国の領土は広く、地域によって気候が異なる。

王都ノワーナは北寄りにあるため春先でも肌寒いのだ。

道の端に咲いたタンポポに春の息吹を感じていると、角を曲がった先で怒号が上がった。

「なにまごついてんだ！」

汚れた服を着た男が数名で、酒樽《さかだる》を山積みにした荷車を引いていた。

わたしたちは荷車の邪魔にならないように脇から追い越す。

真横を通ったわたしの目に、樽に刻まれた紋章が目に入った。

火打ち石と薪《まき》を組み合わせた模様は、ギネーダで使われている呪紋だ。

この紋を入れると着火しやすくなる。

宝石を採掘する際には、爆薬にこの呪紋を入れて一気に爆発させるのだと、商人のおじさんが話していた。

（あんな印を入れたら危ないのに。知らないのかしら？）

男たちを気にしているとスノウに感づかれた。

「どうした？」

「あの酒樽、おかしいわ。火がつきやすくなる呪紋が入っているの。本来は爆薬の筒に入れるような紋章よ」

「調べる。付き合ってくれ」

スノウは、わたしの腕を解くと、荷車の前に立ち塞がった。

「止まれ。その酒樽には何が入っている？」

頭領の男は、「酒だよ、坊や」とあからさまな作り笑いをした。

「この道の先にある酒場に運ぶんだ」

「降車場近くの酒場は、主人が腰を悪くしたのでしばらく閉店すると貼り紙がされていた。持っていっても受取人はいないと思うが？」

「っ、そりゃあ知らなかった。だが、これは本当に酒だよ。他の物を酒樽で運ぶわけがないだろ。どきな！」

男が強気に出たので、スノウはローブの下から杖を取り出した。

「断る。僕は国家魔術師だ。その荷を調べさせてもらう」

「ちっ。魔法立国の犬だ、逃げろ！」

男たちは荷車を放って、わたしのいる方向とは逆に駆け出した。

去り際に、擦ったマッチを荷車に投げ入れる。

マッチの火が呪紋に触れた瞬間、ドン！　と大きな爆発が起きた。

酒樽に爆薬が詰められていたのだ。

荷車から火炎が立ち上り、壊れた樽が路地に飛び散る。

わたしは思わず身をかがめた。しかし欠片《かけら》は飛んでこない。

そうっと顔を上げると、水色に輝く魔方陣が盾となって、わたしを守っていた。

「そこに隠れていろ」

スノウが杖を振るって新たな魔方陣を描き出す。

すると、空中に川が出現したように大量の水が湧いた。

水は美しい曲線を描いて流れていき、火炎を取り巻いてあっという間に消火する。

「すごい……」

スノウが操る魔法は、今までわたしが見てきたものとは威力も大きさも段違いだ。

尊敬のまなざしでスノウを見ると、まっさらな頬に新しい傷がついていた。

「怪我《けが》してるわ！」

飛び散った破片がかすめたようだ。

鞄《かばん》からハンカチを取り出して傷に当てる。白い布に血がじわっとしみ込んで広がる。

（痛そう）

自分より小さな男の子に、しかもとびきり美しい顔に怪我をさせてしまった。

わたしの胸は、守れなかった不甲斐《ふがい》なさに締めつけられる。

スノウは不可解そうにわたしを見上げてきた。

「なぜ、君の方が痛そうな顔をする」

「スノウが傷つけられて悔しいの。わたしが代わってあげたいわ……」

ぐすっと涙をのんだら指先が温かくなった。

それだけではなく、ハンカチの下がぽうっと光り輝く。

手を下ろせば、スノウの頬についた傷が綺麗さっぱり消えていた。

「治った！　スノウって治癒魔法も使えたのね」

「僕は何もしていない。今のは君がやったんだ」

「わたしが？　魔法使いじゃないのにどうして？」

ハンカチとそれを握る指を見つめて、ふと思う。

そういえば以前、スノウがわたしには魔力があると言っていた。

「ひょっとしたら、スノウに痛い思いをさせたくないって強く願ったから、治癒魔法が使えたのかも……」

いつも大人しい人が脅かされると大声で叫ぶように、魔法が使えないわたしも、夫の怪我に動転して普段は秘めている魔力が現れた。

そう考えれば少しは納得がいく。

火事場の馬鹿力って言うものねと感心していたら、スノウがきゅっと唇を噛んだ。

「僕のため、なのか……」

震え声に視線を向けると、何だかいつもと景色が違った。

「あれ？　スノウ、背が伸びてない？」

さっきまで、わたしの肩ほどだったスノウの背丈は、今は顎くらいになっている。

スノウは、パツパツになった服を見下ろして息を吐いた。

「服がキツくなったのはこのせいか」

「どうして急に。わたしの治癒魔法が効きすぎちゃった？」

心配で体を見回すが、背が伸びた以外に異変はないようだ。

「治癒魔法で成長はしない。僕よりも、こちらの方が心配だ」

シャツのボタンを外して靴の踵《かかと》を踏んだスノウは、野次馬が集まりだした路地を眺めた。

「なぜ大量の爆薬が運ばれていたのか調べなくてはならない。僕は、国家機密機関の主席として暴徒から国を守る責任がある。巻き込んですまないが、力を貸してくれ」

「わたしにできることなら何でもするわ」

目を見て伝えると、スノウは探るように見返してきた。

「……助かる。これから魔法騎士による取り調べがあるから、すぐには帰れないと思ってくれ。その後は……少し大きめの服を仕事場に持ってきてほしい」

「分かった。お夜食も持っていくわね」

取り調べから解放されて一人で公爵邸に戻ったわたしは、大きめのシャツとバスケット入りのサンドイッチを用意して、スノウの職場に持っていった。

バスケットの中身を確認したスノウは、胃を破裂させる気かと文句を言いながら、全て食べてくれたのだった。

◇　◇　◇

オブシディア魔法立国は、読んで字のごとく魔法が活きる国だ。

政治、経済、国防の全てに魔法が使われており、それを扱う国家魔術師は、どんなに末端の者でも国とクラウディア女王に忠誠を誓っている。

国家魔術師を束ねるのは魔法中枢局という統括組織である。

ローブ姿の魔術師が出入りする、宮殿と見まがうような巨大な建造物。

その中でもセキュリティが厳しい顧問部の会議室に、国家機密機関の主席にだけ許された濃紺のローブを身につけたスノウは足を組んで座っていた。

目の前に浮かんだ半透明のスクリーンには、火打ち石と薪を組み合わせた呪紋が映し出されている。

(あの男たちは、爆発物をどこに仕掛けるつもりだったんだ)

指を鳴らして、部屋の隅に丸めて置いてあった地図を呼び出す。

地図には、女王が住む宮殿を中心に、王都ノワーナが北から南まで細かく記されている。

キアラと歩いた裏通りを突っ切ると、市街でもっとも栄えた大通りに出る。

大通りは、馬車が走りやすいように凹凸なく煉瓦タイルを敷き詰めていて、王家ゆかりの品を公開するギャラリーや王立図書館などの公共施設も多い。

爆発騒ぎが起きてスノウが最初に危惧したのは、クラウディア女王の安全だった。

あの日の女王は、午前中に迎賓館で使節団と面会している。

帰りに大通りを通過したようだが、スノウが酒樽を運ぶ男たちに出会うかなり前だ。

つまり、直接的な標的は女王ではない。

(一体、何が起きている?)

考えていたら壁際のベルが鳴った。廊下に来客がいるようだ。

施錠魔法を解くと勢いよく扉が開かれた。

「とんでもないことになってるぞ、スノウ」

入ってきたのはラグリオだった。

普段の余裕はなりをひそめ、顔いっぱいに不安を張りつけて報告書を渡してくる。

「爆発騒ぎを起こした犯人を問い詰めたら、爆薬を王家のギャラリーに設置する予定だったと吐いた。全員が身元不明だが、山岳地方独特のなまりが強いから、ギネーダからの密入国者で間違いなさそうだ」

「犯人はギネーダ人か」

その話でピンときた。スノウはスクリーンの呪紋を睨む。

「これは、ギネーダ併合への抗議かもしれない」

半年後に、山渓国ギネーダはオブシディア魔法立国の一部になる。

併合は、ギネーダ側に有利な条件で取り交わされるが、他国に取り込まれることに反発するギネーダ人がいてもおかしくはない。

「僕の目の黒いうちは何も起こさせない」

スノウは、ローブの下から取り出した杖を振るって、伝令に使う動物を生み出した。

灰色、白、淡い橙《だいだい》、黒の兎《うさぎ》は、伝書鳩より目立たずに指令を運べる。もふもふの毛並みと、地方にある四つの魔法基地局へ三時間足らずで到達する速い脚が自慢だ。

「各基地局長へ伝達してくれ。『ギネーダ併合反対派のテロに備えろ』と」

スノウの言葉を長い耳で記録した兎たちは、四方に向かっていっせいに駆け出した。壁をすり抜けて、目にも止まらない速さで廊下を抜け、各地に向けて旅立つ。

「ヒュ～！　相変わらず高性能の魔法だな」

口笛でたたえたラグリオは、地図をしまって外出準備をするスノウに首を傾げる。

「中枢局にいなくていいのか？」

「防護魔法の強化は爆発騒ぎがあった日にしてある。ラグリオは、出入りする人員や物品のチェックを厳しくするよう、魔法騎士団の長に伝えてくれ。女王陛下には、僕の口から直接事の次第を報告して、外出しないように釘《くぎ》をさす。そうでもしないと、あの人は今まで通り一人で街歩きしかねない」

自由勝手に動き回る対象ほど守りにくいものはない。

併合反対派の思惑をくじくには、女王をはじめとした要人を守りつつ、爆発物が仕掛けられそうな場所を見回り、犯人を見つけて捕らえていくしかない。

険しい表情になるスノウの頭を、ラグリオはポンと叩いた。

「あんまり背負い込むなよ。そんな顔を見せたら、キアラちゃんが驚く」

「……分かっている」

スノウは、ブリキ人形だらけの屋敷にいる妻の姿を思い浮かべた。

彼女は今日も自分の帰りを待っているはずだ。

だが、夜遅くまで会えそうにない。

中庭に出たスノウは、魔法で鷹《たか》を生み出して命じた。

「セレスティアル公爵夫人に伝えてくれ。『今日は帰りが遅くなる』と」

腕に止まっていた鷹は、バサリと翼を広げて大空へ飛び立っていく。

その姿が見えなくなると、スノウは柄にもなく少しだけ家が恋しくなった。

第三章　初めての贈り物

スノウと契約婚をして二カ月と少しが経《た》った。

最初の頃は、セレスティアル公爵邸の広さに翻弄されていたけれど、今は意識しなくても目当ての部屋にたどり着ける。

丈が長くて重いデイドレスにも慣れてきたし、お皿が一枚ずつ運ばれてくる料理も緊張せずに食べられるようになった。

新しい生活は他の変化ももたらした。

それが魔法だ。

爆発騒ぎがあった日、わたしはスノウの怪我《けが》に衝撃を受けて治癒魔法を使った。

エドウィージュ家の先祖はギネーダからオブシディア魔法立国にやってきた宝石職人だ。魔法元素が豊富なギネーダでは、宝石や草花だけでなく、そこで暮らす人々にも多少の魔力が宿っている。先祖の血に流れていた魔力がひっそりとわたしに受け継がれていたみたい。

スノウが言うには、一度使えたなら練習次第で上達するという。

教えてくれたのは、ごく簡単な練習方法だった。

自然に生えている花を活けて、しおれてきたら手をかざし、元気になるように念じる。治癒魔法が作用すると、花は摘みたてのように生き生きと花びらを輝かせるという。

それくらいならと、わたしは毎日、花に手をかざした。

一輪、二輪、三輪……。

順調にしおれさせたが、七本目の白薔薇にして成果が出た。

茶色く変色した花びらが、手をかざして念じた瞬間、真っ白に戻ったのだ。

仕事から帰ってきたスノウの目の前でやってみせると、まあまあだと褒めてくれた。

スノウは、あの日からすくすく成長して、今はだいたい十二歳くらいの見た目だ。

声が少し低くなったし、悩ましげな表情を見せるようになった。

男の子は成長期がくると一気に伸びるとは聞くが、さすがにおかしい。

再び年齢を尋ねてみたけれど、スノウは「年ごときで態度を変えられるのは不愉快だ」と教えてくれなかった。

もちろん、わたしにそんなつもりはなかった。

もしも悪い病気だったら大変だと思ったのだ。

(お母さんみたいに、気づいたら手遅れなんて悲しすぎるもの)

スノウの中で、わたしはまだ信用できる人物ではないのかもしれない。

わたしは、治癒魔法を上達する他に、スノウに認めてもらえるような何かを身につけたいと思った。

「それでは、貴族のマナーレッスンを始めましょう！」

眼鏡をかけたベル男爵夫人は、指示棒を打ち鳴らしながらわたしの周りを歩く。

彼女は淑女教育の名教師として知られていて、姿勢は棒が立っているようにまっすぐだし、カツカツと鳴る靴音まで上品だ。

「まずは昨日の復習から。自分より高位の貴族と面会した場合、どういった身のこなしで名乗るのが適しているでしょう？」

「三歩下がって腰を落とし、名前を呼ばれるまで顔を上げない！」

自信満々に答えられたのは、早起きして復習しておいたからだ。

ベル夫人はスパルタなので、こうでもしないと厳しいお叱りが飛んでくる。

「素晴らしい。キアラ様は優れた記憶力をお持ちですね。ですが、その言葉遣いはなんです⁉」

指示棒がバシッとテーブルに叩《たた》きつけられたので、わたしはすくみ上がった。

「ひっ！」

「家の格に相応《ふさわ》しい言葉遣いをしなくては、どれだけマナーを習得しても意味がありません。

自分の意見を言う際は『こうだったと記憶しておりますがいかがでしょう？』と疑問形で返すのが上品に見えてよろしい！　話し言葉については今日の授業で詰めていきましょう。さあ、教本の三十二ページを開いて！」

ビクビクしながら、わたしは布張りの表紙を開いた。

貴族らしい所作や手紙の書き方、晩餐会《ばんさんかい》に招待された場合の振る舞いなど、社交界で恥をかかないためのマナーがぎっしりと記されている。

本来であれば、この一冊を何年もかかって習得するところを、いきなり公爵家に嫁いだわたしは一カ月で勉強するのだ。

(庶民からするとわけの分からないマナーばかりだけど、身につけてみせるわ)

上流階級のマナーを勉強したいと申し出たのは、わたし自身だ。

スノウに実年齢を教えてもいいと思われるには、慎ましくて聡明で、どんな秘密も共有できる淑女になるのが手っ取り早い。

わたしが立派なセレスティアル公爵夫人になるメリットは他にもある。

ラグリオの話では、セレスティアル公爵が妻をめとったという噂《うわさ》が、社交界で広まっているらしい。

スノウは、他の貴族との付き合いに興味がなく、社交場には顔を出さない。

孤高で冷徹な様子から〝氷の貴公子〟という異名で呼ばれ、遠巻きにされている。

それが、前触れもなく庶民の娘を妻に迎えた。

身分差を乗り越えた結婚に、貴族たちは興味津々。

こぞってお茶会や美術品鑑賞、晩餐会などに誘ってくるから気をつけろ、というのがラグリオの助言だった。

その翌日には、貴族の家紋を背負った伝書鳩《でんしょばと》が次々と飛んできた。

白い羽根と共に残された山のような招待状に途方にくれるわたしに、スノウは全て断っていいと言ってくれた。

だが、お付き合いは貴族に不可欠なものだ。

公爵であるスノウが拒否するなら言い訳も立つが、招待状の宛名《あてな》は『セレスティアル公爵夫人』――わたしになっている。

(無下にしたら、スノウまで悪く言われそう)

かくして、わたしはお呼ばれした席で恥をかかないため、マナーに人一倍厳しいと噂のベル夫人を招いて、一カ月の集中マナー講座に挑んでいるのである。

「――という言葉遣いをなさいませ。キアラ様、ここまでお分かりですか？」

「な、何とか……」

自信なさげに返すと、ベル夫人は教本を閉じた。

「集中力が切れたようですね。詰め込みすぎはかえって効率を落とします。休憩いたしましょう」

そう言われてほっとした。

ずいぶん前から、教わっている内容が右から左に筒抜けだったのだ。

二人でお茶が用意された別室に移る。

白磁にセレストブルーやペールグリーン色の蝶々《ちょうちょう》が絵付けされたティーセットは、結婚して一カ月の記念にスノウが買ってくれたもの。

小皿には、焼きたてのアップルパイが取り分けてある。

なめらかな手つきでカップに紅茶を注いだブリキ人形は、一礼して壁際に立った。

ベル夫人は、おいしそうに紅茶を味わい、パイに口をつけて微笑《ほほえ》んだ。

「素晴らしいお味ですこと。これをブリキ人形が作っているだなんて信じられませんわ。野菜の皮むきをする人形は町でも見かけますが、料理までは任せられません。さすが、最強と謳《うた》われる国家魔術師のお屋敷ですわね」

「ベル夫人から見ても、スノウってすごい人なんですか？」

「当然ですわ。セレスティアル公爵は、女王陛下から厚い信頼があると有名ですし、かの美貌を一目見たいというご令嬢も多くおられます」

「その割に、結婚相手が見つからないと悩んでいたみたいですけど。やはり十歳くらいの男の子では、結婚を本気で考えてくれる女性はいなかったのでしょうか？」

ベル夫人は、答えにくそうに眼鏡の弦を指で押した。

「相手が見つからなかったのは、恐らくあの噂のせいですわね……」

「どんな噂ですか？」

目を瞬《しばた》かせるわたしに気づいて、ベル夫人はゴホンと咳《せき》をした。

「今のは失言でした。どうかお忘れくださいませ。前から気になっていたのですが、キアラ様は指輪をおつけにならないのですか？」

「指輪は必要でしょうか」

わたしは、自分の手をテーブルの上にかざした。

アンナが磨いてくれた爪はピカピカだが、指には宝石一つない。

「夫が買ってくれた宝飾品はいくつか持っているんですけど、勉強や生活の邪魔になるのでつけていないんです」

「それではいけません。どんな場面であっても結婚指輪はつけるべきです。結婚しているかどうかで呼びかけ方も変わりますし、お茶会の席次も変わるものですから」

ベル夫人の言うことはもっともだが、わたしは結婚指輪をもらっていない。

契約婚なので必要ないと判断して、スノウに求めなかったのだ。

「結婚指輪の用意は間に合わなかったんです。スノウもわたしも早く結婚したかったので、書類上の契約だけ済ませて同居に入りました」

「仲が睦《むつ》まじくてよろしいこと。新婚の気分を盛り上げるためにも、公爵におねだりしてみてはいかがでしょう。愛される妻に必要なのは適度な甘えですわ」

「甘え……」

苦手な分野だったので思わず顔がこわばってしまう。

「が、頑張ります」

その後レッスンに戻ったわたしは、どうやってスノウに切り出そうか考えて授業に身が入らず、ベル夫人にビシバシ指導されたのだった。

ベル夫人が帰った後、わたしは自室にこもって招待状の返事をしたためていた。

(スノウが帰ってきたら、それとなく結婚指輪について聞いてみよう)

急に玄関ホールが騒がしくなった。

気になって踊り場から身を乗り出すと、ブリキ人形がラグリオの周りに集まっている。

彼に肩を貸してもらい、やっと立っているのはスノウだった。

「スノウ!」

階段を駆け下りていったわたしに、ラグリオはほっとした顔で言う。

「キアラちゃんがいてくれてよかった〜。スノウの奴、職場で倒れたんだよ」

「スノウ、大丈夫？」

わたしが問いかけると、スノウは消え入りそうな声で答えた。

「心配ない……」

「こんだけフラフラしてて心配ないわけないだろ。クマだってものすごいぞ。キアラちゃんは一緒に寝てて、こいつの体調不良に気づかなかった？」

「分かりません。わたしたち、部屋は別なので……」

わたしは屋敷の東側にある寝室で眠っている。

スノウが使っている主寝室は中央にあって、近づいたこともない。

「そうなんだ。悪いけど、寝かせる部屋まで案内してくれる？」

「はい」

わたしは、ラグリオとは反対に回ってスノウの肩を支えた。

ローブ越しでもほんわか温かい。高い熱があるのかもしれない。

ラグリオと二人がかりで、スノウを支えながら階段を上る。

こんな時、移動魔法が使えたらどんなに楽か。

わたしは自分の無力さを痛感した。

「ここが主寝室です」

雪の結晶のレリーフが施された扉を開けると、わたしの部屋の倍はあろうかというスペースに、キングサイズのベッドとサイドチェストが置かれていた。

家具はどれも白く、絨毯《じゅうたん》やカーテンの水色と、取っ手に塗られた金色が上品だ。

ラグリオは、ベッドシーツを剥いでスノウを横たわらせる。

「今日はゆっくり休めよ、スノウ。明日も休み。職場にはオレが連絡を入れとく。じゃあキアラちゃん。あと頼む」

「ここまで、ありがとうございました」

部屋を出るラグリオを見送ったわたしは、スノウのローブを引き抜き、リボンタイを解き、ボタンを外してベストを脱がした。

次はズボンだ。ベルトに手をかけたところでスノウに止められる。

「キアラ……それ以上は……」

スノウの顔が熱のせいではない赤に染まっていた。

わたしは、自分の手がどこに触れているか確認して飛び上がった。

「ごめんなさい！」

具合が悪い相手とはいえ、ズボンまで剥ぎ取ろうとするなんて、どうかしていた。

「他意がないのは分かっている……」

スノウは、自分でベルトを引き抜くと、シャツの襟元をゆるめて脱力した。

「少し休む。晩餐は一人でとってほしい」

「分かったわ。わたしのことは気にしないで、ゆっくり眠ってね」

結婚指輪について相談したかったけれど、スノウの体調が回復するまでは黙っていよう。

一人で食べるのに着替えるのもおかしい気がして、わたしはデイドレスのまま用意されたコース料理を食べた。

メインである仔牛《こうし》の煮込みは、わたしが大好きなメニューだ。

柔らかな食感に風味豊かなソースが薫っておいしい。

でも、今日は上手《うま》く飲み込めなくて、半分も残してしまった。

カトラリーを置いて俯《うつむ》くと、心配したアンナが声をかけてくれる。

『──奥様、お口に合いませんでしたか？』

「そういうわけじゃないの。スノウが心配で、食が進まなくて……」

わたしが公爵邸に移り住んでから、スノウが体調を崩したのはこれが初めてだ。

今朝、顔色が白いのが気になってはいたが、本人が普段通りだったから特に止めもせずに仕事に送り出してしまった。

わたしに心配をかけないために無理をしていたのかもしれない。

(式典が終われば離婚する相手に、優しくする必要なんてないのに……)

スノウの思いやりに触れるたび、わたしの胸は小さくうずく。

湧き上がる気持ちは、感謝とは少し違う。

もやもやとキラキラが複雑に絡まった、ほんのり温かくて柔らかな、今まで感じたことのない感情だ。

その感情は、スノウに優しくされた分だけわたしの心に溜《た》まって、内側からわたしを突《つつ》く。

突かれたわたしの頭は、スノウのことしか考えられなくなってしまう。

晩餐を早々に終えたわたしは、寝る支度をしてベッドにもぐり込んだ。

目を閉じてみるけれど、部屋がぼんやり明るくて眠れない。

窓際を見れば、アンナが閉めたカーテンがわずかに開いて、月の光がさし込んでいた。

主《あるじ》の体調が悪いせいかブリキ人形の動きも鈍くなっている。

ベッドを下りてカーテンに手をかけた時、コンコンと扉がノックされた。

「はい」

アンナが戻ってきたようだ。

わたしは疑いもせずに扉を開けて驚いた。

「スノウ」

廊下に立っていたのはスノウだった。

お風呂に入ったらしく髪がしっとりと濡《ぬ》れている。

ナイトガウンに着替えているが、目の下のクマは健在で、傾いた姿勢が辛《つら》そうだ。

「もう大丈夫なの？」

「昼間よりだいぶよくなった。話がある。入れてもらえないだろうか」

「どうぞ」

部屋に招き入れると、スノウは乱れたベッドを一瞥《いちべつ》して、かたわらのスツールに腰かけた。

わたしは、部屋のランプを灯《とも》して、彼と対面するようにベッドの端に座る。

「話って何？」

スノウは、膝に置いた手をじっと見つめて話し出した。

「……僕が倒れた理由について話しておきたい。また同じことがあっても君が動揺しないように。三カ月後、オブシディア魔法立国の建国千年を記念する式典と、山渓国ギネーダの併合式典が同日に行われる。僕は、その執行責任者なんだ」

話す表情は暗い。また倒れてしまうんじゃないかと不安になるくらいに。

「クラウディア女王、ギネーダの首長をはじめ、国内外の有力者が出席するので失敗は許されない。だが、問題が起きている。併合反対派のギネーダ人たちが、式典の阻止を目指して各地に爆発物を仕掛けているんだ」

「どうしてそんなことを。式典を邪魔したって、併合は覆らないのに！」

山渓国ギネーダが、オブシディア魔法立国との併合に合意したのは、去年のことだ。

併合式典で調印が行われ、自治州となることが決まっている。

抗議するにしてもテロなんてありえない。

憤るわたしを、スノウは「落ち着け」となだめた。

「覆るかどうかは関係ない。併合に反対する者たちは、大きな事件を起こして自分に力があると誇示したいんだ。魔法騎士団と共同で捜査に当たっているが、未《いま》だに首謀者は見つからない。家に帰り着いても気になって、上手く眠れていないんだ……」

「それで倒れてしまったのね」

国の行く末を左右する重大な責任を、こんな小さな体で背負えるはずがない。

これまでのスノウの頑張りを想像して、わたしの胸はまたうずいた。

「スノウ、一人で背負い込まないで。わたしに手伝えることはない？」

「君と試してみたいことがある」

スノウが指を鳴らすと、わたしの胸元からするんと羊皮紙が躍り出た。

開いた結婚契約書には二つの花丸が揺れている。

「僕たちは、条件の二つ目まで達成した。次は三つ目に挑戦するべきだが、その前に四つ目を試したい――」

項目の四つ目には、こう書いてある。

――四、寝室を共にすること

「寝室を共に……同じ部屋で眠ったらいいの？」

「いや、添い寝せよという意味だ」

「添い寝っ!?」

びっくりしすぎて声が裏返ってしまった。スノウは何を今さらと呆《あき》れる。

「夫婦なんだ。当たり前だろう」

「それは愛し合って結婚した夫婦の話よ」

「問題ない。僕だって、君をそれなりに愛している」

「えっ」

固まるわたしに、スノウは真面目に語りかけてくる。

「君といると癒やされる。出勤前にキスしてもらえると思うと、朝の支度も面倒ではない。今までは、腹に入れば同じだと思って料理を味わいもしなかったが、君と食べるようになって、おいしいと感じるようになった――」

おもむろに立ち上がったスノウは、わたしの隣に座って手を握った。

「――これまでの人生で、他人をこんな風に思ったことはない。君のことを本当の家族だと、心が受け入れ始めているのだと思う」

「あ、愛してるって親愛のことね。びっくりした……」

わたしは胸を撫《な》で下ろした。

スノウが真剣な表情だったから、情熱的な告白をされたのかと思った。

「でもね、スノウ。家族は添い寝しないわ。小さな子がいたら別だけど」

「君は何かにつけて要求を嫌がるが、僕を愛してはいないのか？」

「う」

「君と一緒なら、安心して眠れる気がするんだ」

うるんだ瞳でお願いされて、わたしは言葉に詰まった。

年下だけが使える甘えを、持ち前の美貌が五百倍くらいの威力で繰り出している。

体調不良で表情が弱々しいのも加点ポイントだ。

これに抗《あらが》える人がいるなら教えてほしい。

「～わかった、添い寝するわ。でも、今晩は心の準備をさせて。このベッドを使って眠っていいから。わたしは隣の部屋のソファで寝るわね。それじゃ！」

「待て」

一目散に扉へ向かったわたしは、足を引っ張られてつんのめった。

「何？」

足下を見ると、絨毯の薔薇模様から蔓《つる》が伸びて、足首を搦《から》め捕っていた。

魔法だ。

はっとして見れば、スノウが杖《つえ》をわたしの方に向けていた。

「行かせない」

蔓は、わたしの体を引き戻すと、ベッドに仰向《あおむ》けに倒した。

「きゃっ」

「乱暴して、すまない。だが」

ギシッとベッドがきしんだ。

わたしの体の上にスノウが覆い被《かぶ》さって、瞳を熱く揺らす。

「もう、待てない……」

スノウは、かすれた声で漏らして、わたしの首元に顔を埋めた。

背中に腕を回され、ぎゅうと抱きかかえられて、唇を首筋に押しつけられる。

「ま、待って、スノウ」

いつだって理性的で、氷のように冷たいスノウが見せる熱情に、わたしは戸惑った。

逃げなければと思うのに体が動かない。

鼓動がドキドキうるさく跳ねて、叫びだしそうになる。

「わたしたち、本当の夫婦じゃないのに、こんなことしちゃ……」

すうー。

「へ？」

聞こえてきた寝息に我に返る。

見れば、スノウはわたしに抱きついた格好で眠りに落ちていた。

「待てないって、睡魔の方ね」

わたしはがっくりと肩を落とした。

ちょっとだけ期待してしまった。

スノウが、わたしを好きになってくれたんじゃないかって。

(そんなことあるわけないわよね。わたしとスノウを結んでいるのは、恋心じゃなくて契約書なんだから)

契約婚の相手に恋をするなんて、恋愛小説みたいな展開は簡単には起こらない。

少なくとも、スノウがわたしを好きになるなんて絶対にない。

そんなこと最初から分かっているのに。

(なんで落ち込んでいるんだろう……)

胸が重たい。スノウに乗っかられているせいかもしれない。

その後、なんとかスノウの下から抜け出すことに成功したわたしは、彼の体を引きずって布団に入れ、隣に寝転んだ。

しばらく複雑な気持ちを持てあまして、眠りについたのは深夜二時を回った頃だった。

「ん……」

眠りから覚めて、重たい目蓋を開ける。

開いたカーテンからは眩《まぶ》しい太陽の光がさし込んでいた。

「まだアンナが来てないし、もうちょっと寝てよう……」

寝返りを打ったわたしは、めくれ上がったシーツに気づいた。

手で触れるとほんのり温かい。

つい先ほどまで、誰かが眠っていたような……。

どんどん頭が冴《さ》えてきて、わたしはガバッと起き上がる。

「スノウと、添い寝しちゃった！」

抱きしめられた感触を思い出すと、お腹《なか》の辺りからカーッと熱が這《は》い上る。

冷たい水で顔を洗わないと火を吹いてしまいそうだ。

ベッドから出ようとシーツに手をかけたわたしは、心臓が止まるかと思った。

左手の薬指に、見覚えのない指輪がはまっている。

プラチナで形作られた輪の中央では、深いブルーが美しいスターサファイアが輝く。エドウィージュ商会で扱う品々よりも高級感があって、上品な造形だった。

「なに、これ……」

扉が開いて、ティーカップを両手に持ったスノウが入ってきた。

「起きていたか。おはよう、キアラ」

「おはよう、スノウ。これって……」

「僕らの結婚指輪だ。工房に依頼していたのがようやく届いた」

「注文してくれていたの？」

契約婚相手のわたしは、結婚指輪を贈られないと思っていた。

自分からねだったら嫌がられないかと心配だった。

でも、それは杞憂だったみたい。

スノウは初めから、わたしに指輪を渡すつもりでいてくれたのだ。

「ありがとう。本当に嬉しい」

「別に。夫婦なのにしていない今までがおかしかったんだ」

はにかむわたしに淡々と告げて、スノウはカップをサイドチェストの上に置き、かたわらに置いていた指輪ケースを開ける。

二人分がしまえる長方形のもので、二つのくぼみの片方に指輪が残っている。

「僕の分は、君からはめてもらえるか」

渡された男性用の指輪は、小さめの宝石が映えるシンプルなデザインだ。

輪の内側には、それぞれの名前の頭文字と結婚した日付が刻まれている。

指輪を手に取ったわたしに、スノウの左手が差し出される。

朝の光に照らされた成長途中の手は、少し骨ばっていて雪みたいに白かった。

わたしは、緊張した面持ちでその手をとって、薬指に指輪を通す。

指輪は成人サイズでスノウの指には大きかったが、一番奥に差し入れると輪が縮まった。

魔法の力が働いているのだ。

ぴったりはまった夫婦の証《あかし》は、それぞれの指で眩しい輝きを放つ。

わたしの胸から、するんと結婚契約書が飛び出してきた。

三つ目の項目が虹色に輝いている。


――三、相手からの贈り物を一つ身に着けること

「結婚指輪を贈り合ったから、これをつけていれば三つ目は果たされるのね」

わたしの声に応えるように、三つ目に花丸がついた。

次の四つ目はピカピカと点滅している。

スノウは目を伏せて契約書をのぞき込んだ。

「順番を逆にしたから半分達成といったところだな。添い寝し続ける必要がある。僕はどちらの部屋でもかまわないが、君はどこで眠りたい？」

「そうね……」

毎晩、スノウにあんな風に抱きしめられたら、いつか心臓が爆発してしまいそうだ。命を守るためにも物理的な距離が欲しい。

わたしのベッドはダブルサイズ。二人で眠るには十分な広さがあるけれど、スノウの部屋にあったベッドはキングサイズなので、そちらの方がゆったり横たわれる。

「スノウのベッドの方が広いから、そっちがいいわ。離れて眠れるし」

「そういうことなら、今晩もここで眠る」

「わたしの話、聞いてた!?」

反論すると、スノウは横柄な態度で腕を組む。

「どうせ君を抱きしめて眠るのだから、狭い方が朝までくっついていられていい」

「だだだ、抱きっ!?」

「動揺しすぎだ。やはり君と一緒だとよく眠れた。僕は腕の中に君がいると安心するんだ。だから、僕のためと思って添い寝を続けてほしい」

「そういうことなら、わかったわ」

わたしがこっくり頷《うなず》くと、スノウは清々《すがすが》しい表情で運んできたカップを差し出す。

「紅茶を」

「あ、ありがとう」

添い寝した朝に、彼が淹《い》れた熱い紅茶を飲む。

恋人みたいなやり取りに、わたしは心の中でもだえたのだった。

◇　◇　◇

一日の休養を経て出勤したスノウは、職場である魔法中枢局の廊下を歩いていた。

脇に抱えているのは、国立図書館から貸し出された山渓国ギネーダに関する研究書だ。

併合反対派に対抗するには、呪紋《じゅもん》の知識を入れる必要がある。

そのため、朝一番に図書館を訪れて借りてきたのである。

併合反対派は、厳重な警戒網をくぐって王都や地方のあちこちに爆発物を仕掛けている。

そして、仕掛けられた場所には必ず何かしらの呪紋が刻まれていた。

犯人を次々と検挙しているが、首謀者まではたどり着けていない。

いずれ、ギネーダの呪紋や文化に詳しい人材が必要になるだろう。

キアラが適任ではあるが、併合反対派の周到さを見るにつけ、巻き込めば彼女まで被害が及ぶかもしれない。

多少の魔力を有していても彼女は無力な人間だ。

もしも、キアラが事件に首を突っ込んで、危ない目にあったら。

(考えただけでゾッとする)

キアラと夫婦になったのは、お互いに事情があったからだ。

彼女は嫌いな貴族と結婚したくない一心で。

そしてスノウは、彼女には打ち明けていない、とある事情から結婚相手を求めていた。

女王にはめられた形にはなったが、スノウはキアラとの新婚生活を楽しんでいた。

初めのうちこそ、長く一人きりでいたから誰かと暮らすのは難しいと考えていた。

だが、キアラの存在は、静謐《せいひつ》に慣れた体に驚くほど馴染《なじ》んだ。

彼女が笑っていると、火が灯ったように心が温かくなる。

完璧な公爵夫人になるため努力している姿も、豪勢な食事に感動する表情も、着慣れないドレスに苦戦しているのも愛嬌《あいきょう》があって、時間が許すならずっと眺めていたい。

契約書にあるからと抱きしめて寝ているが、たとえ書いていなくたってスノウはキアラのそばで眠りたかった。

(この気持ちは何だ?)

甘く締めつけられる胸に手を当てて考え込んでいると、ラグリオに肩を叩かれた。

「よっ！　廊下で何してんだ。まだ具合が悪いのか?」

「は?」

いつの間にか、自分の研究室にたどり着いていた。

「……本当に、何をしているんだろうな、僕は」

「悩み事を聞くのはケーキを食いながらでいいか？　看板娘ちゃんと話すために、新商品を買ってきたんだ～」

上機嫌で洋菓子の箱を揺らすラグリオを見たら、悩んでいるのが馬鹿馬鹿しくなった。

「この能天気め」

スノウは扉に刻まれた魔方陣に手をかざした。

魔力を読みとって鍵が解け、禍々《まがまが》しい古代文字で埋め尽くされた両扉が開く。

ここはスノウとスノウが許可した者だけが立ち入れる空間だ。

壁に描かれた呪文は侵入者をこばむため。

中央に広がる魔方陣は、外部の攻撃からこの魔法中枢局を守るため。

空中をふわふわと飛ぶ蝶から舞い落ちる鱗粉《りんぷん》は、絶えず空気に魔力を供給する触媒の役割を果たしている。

多重に施した魔法のせいで、並みの魔術師は十分もいれば気分が悪くなる空間だが、スノウはここが一番心地よかった。

スノウは部屋の隅にある簡易キッチンで紅茶を淹れる。

来客用のソファに座ったラグリオは、メロンの形をしたズコットケーキを切り分けた。

お気楽に口笛を吹いているが、ラグリオはこう見えて、近衛から第四軍まである王立騎士団の中でも、精鋭だけが所属できる魔法騎士団の一員。

女王直轄として特別に召し上げられたエリートなのである。

魔法騎士は、火土水風の魔法元素から加護を受けている騎士で、女王の警護の他、国の重要な行事や重大事件にも関わる。

彼らがどれだけ強い権力を持っているかは、スノウのローブと同じ濃紺を団服色に使っていることからも明らかだ。

魔法中枢局に出入りして、魔術師と共同で任務を遂行することも多い。

そうでなかったら、スノウはラグリオとこうしてお茶を共にする仲にはならなかった。

「看板娘ちゃん、オレの名前を覚えててくれてさ～。こりゃあ結婚まで一直線だな」

「告白もしていないくせに？」

無理だと指摘すると、ラグリオはむっと唇を尖《とが》らせた。

「スノウだって、告白もお付き合いもしないまま結婚したろ。オレもできるって！」

「ほぼ不可能だ。相手の気持ちを考えろ」

「いや～、向こうもオレのこと気になってるはず。常連客だし」

ポジティブなのは、ラグリオの長所であり短所だ。

若者というのは挑戦と失敗を怖《おそ》れない。

キアラもそうだが、思案するより行動し、物事に気持ちで反応する。

彼らの溌剌《はつらつ》とした生き方がスノウには眩しい。

スノウは、いつも先に頭で考えて、心を置き去りにしてしまうから。

「で、初デートはどこがいいか考えててさ。魔法公園とかどうかなって――」

ケーキを口に入れたラグリオの視線が、向かいに座ったスノウの左手に留まった。

「結婚指輪？」

「ああ。先日、やっと工房から届いたんだ」

照れくさそうに指輪をはめるキアラを思い出すと、自然に口角が上がってしまう。

それを見ていたラグリオは、心配そうに眉根を寄せる。

「向こうはあくまで契約婚のつもりなんだろ。入れ込むと後で辛い目にあうぞ」

「入れ込んでなどいない。離婚までの筋道も順調だ」

七つある契約条件のうち四つ目までこなした。

キアラが氷漬けになる頻度も下がってきたし、近く全ての項目を達成するのも不可能ではない。

契約書に花丸がつくたびに、お互いの心の距離が近づいているのを感じる。

時間をかけてゆっくりと育む関係性は、スノウのよりどころになりつつあった。

「筋道なんて悠長なこと言ってらんないだろ。キアラちゃんが愛してくれなさそうなら、女王陛下に頭を下げて早く別れろ。そんで他を探せ。だってお前、建国から千年が経つ日までに誰かに愛されなければ――」

「死ぬ」

スノウの瞳が、ほの暗くきらめいた。

キアラに打ち明けていないスノウの事情がこれだ。

スノウは、呪いによって先の短い命なのである。

見た目の年齢が十歳だったのもその影響だ。

セレスティアル公爵で、主席国家魔術師という高い地位に就いていながら、呪われているという噂のせいで貴族令嬢たちとの縁談は上手くいかなかった。

上手くいっていたとしても、スノウの性格上、愛される可能性は低かったが……。

建国からもうすぐ千年。呪いに命を奪われる日は近い。

一刻の猶予もないと、ラグリオは銀のフォークを噛む。

「それが分かってて、どうしてのん気に夫婦ごっこしてんだよ」

「……信じたいのかもしれない」

スノウの口の悪さや高慢さを目にしても、キアラは家を出ていかなかった。

教えた治癒魔法の練習を地道に続けているし、セレスティアル公爵夫人として振る舞うための勉強にも力を入れている。

スノウが急成長しても困らないように、大きめの衣服と靴を準備してくれたのも彼女だ。

キアラほど裏表がなくまっすぐな人間を、スノウは知らない。

彼女はまるで凍てついた大地を溶かす太陽だ。

周りには陽だまりのような空気が流れていて、その暖かさに触れるとスノウは成長する。

また大きくなったと喜ぶ彼女を目にすると、雪原のように平坦だった心に春風が吹いて、幸せな気持ちになる。

「僕だって、夫婦ごっこをしている暇はないと理解している。だが、今さら他の女性を妻にしても愛してくれるとは思えない。このまま呪いが解けずに死ぬ運命なら、最後の思い出にキアフと過ごしたい……」

穏やかな表情で明かされて、ラグリオは目を見張った。

冷然たる態度で他者を遠ざけ、誰とも深入りしなかったスノウが、ここまで執着する人間は珍しい。

思わずフォークをくわえたまま呟《つぶや》く。

「キアラちゃんとなら、何とかなるかもな……」

スノウが一緒にいたいと感じたなら、きっと大丈夫だ。

なぜなら彼は、このオブシディア魔法立国で最強の国家魔術師。

国と民を守れて、自分を守れないはずがない。

「オレ、お前を応援してるよ。何にもできないけど」

「応援はいらない。その分、働いてくれ。併合反対派の動向は掴《つか》めたのか？」

「魔法騎士団の調査ではな——」

ラグリオの報告を聞きながら、スノウは仕事に集中する。

死に怯《おび》えていたはずの心が安定しているのは、キアラにはめてもらった指輪のおかげだ。

第四章　隠し事は慎重に

「ん……」

お腹《なか》が重い気がして、わたしは目を覚ました。

体にかけたブランケットに白い腕が乗っかっている。

腕の持ち主――スノウはまだ夢の中にいて、健やかな寝息を立てていた。

（一緒に寝るようになって、どれくらい経《た》ったかしら。もう不眠には悩まされていないみたいね）

毎晩、寝る支度を整えてからわたしの寝室にやってくるスノウは、それが当たり前のようにわたしに腕を回して眠る。

最初のうちは抵抗していたけれど、スノウがすぐに眠ってしまうと知ってからは、されるがまま朝までお休みコースだ。

先に起きて、彼の寝顔を見るのが最近の楽しみになっている。

スノウは、起きている時とは別人みたいに、あどけない顔をさらして眠る。

肌に影を落とす長いまつ毛も、少し開いた唇の淡い色合いも、天使みたいに清らかだ。

見ているだけで幸せになる美貌、プライスレス。

スノウはさらに身長が伸びて、現在は十四歳くらいの見た目だ。

顔つきも一段と大人びた。

瞳に怜悧《れいり》な雰囲気が加わって、視線を送られるとドキリとしてしまう。

これだけ短期間に成長して、体に悪い影響がないか心配したが、当人はケロリとして命の危険はないと言い切った。

(スノウが成長を受け入れているのは、あのことと関係あるのかな)

ラグリオもベル夫人も、クラウディア女王も知っている、スノウの秘密。

まだ、わたしは教えてもらっていない。わたしだけが。

それが歯がゆくて、もどかしい。

「ねえ、スノウ。あなたの奥さんは、わたしなんだよ」

頬をツンツンと突《つつ》くと眉間に皺《しわ》が寄った。

見つめていると、スノウの目蓋がゆっくり開く。

「……どうした」

「何でもない。もう起きる？」

「時刻は？」

「あと一時間ぐらいは、ゆっくりしていて大丈夫」

「なら、もう少し寝る……」

スノウはそう言うと、わたしをぎゅっと抱き寄せて寝入ってしまった。

体のいい抱き枕にされている。だけど、それが嫌じゃない。

スノウとわたしの関係は不思議だ。

愛し合っている夫婦じゃないのに、縛っているのは魔法の契約書でしかないのに、気づけば近くにいるのが自然になっている。

「おやすみ、スノウ」

額を寄せ合って眠ったわたしたちは、アンナに叩《たた》き起こされるまで惰眠を貪ったのだった。


若草色のセパレートドレスを身につけ、麦わら素材のドレスハットを被《かぶ》ったわたしは、初夏の花が咲き乱れる庭園にいた。

王立植物園で催されるお茶会に参加しているのだ。

主催はベル夫人で、招待客は彼女から淑女教育を受けた令嬢たちである。

植物園の中には空調魔法がかけられていて、そよそよと涼しい風が吹いている。装飾の多い服装で参加したが、このおかげで暑い午後でも快適だった。

たくさんあるテーブルのうち、円形のテーブルに案内されたわたしは、同席した令嬢たちにうっとりした。

誰もかれも、ショーウインドウに並んでいる高価なビスクドールみたいだ。ドレスに最高級のチュールレースを使っていて、流行のベルスカートは鳥かごの形に膨らんでいる。

「――この中でご結婚されているのは、セレスティアル公爵夫人だけですわね」

話を振ってきたのは、茶髪を肩先まで伸ばした少女だった。

おっとりした雰囲気の男爵令嬢で、チェック柄のドレスがよく似合っている。

「公爵とのなれそめをお聞かせいただいてもよろしいですか」

「出会ったのは教会でした」

「まあ、素敵。お二人とも礼拝にいらしたのですか？」

「いいえ。お互いに別の用事で行って、向こうから話しかけられて、この人しかいないと思って結婚したんです」

嘘《うそ》は言っていない。

少しばかり第三者の影響があったけれど、礼拝堂にスノウしかいなかったのは本当だ。

令嬢たちは「運命の出会いでしたのね」と目を輝かせた。

「しかも相手が氷の貴公子だなんて、すごくうらやましいわ！」

オーバーに声を上げたのは、羽根飾りを髪にさした令嬢だ。

元気がありあまる彼女は子爵家の出身で、話すたびにテーブルを揺らしている。

「セレスティアル公爵は貴族の集まりにお出にならないんです！　それゆえに憧れを募らせている令嬢が多く、ご結婚の噂《うわさ》を聞いて寝込んだ方もいらしたとか！」

「そうだったんですね。その方には悪いことをしました」

わたしが縮こまると、男爵令嬢は小さく首を振る。

「公爵夫人が責任を感じる必要はございませんわ。恋は戦闘ですもの」

「そう、選ばれる者とそうでない者がいるのは当然のことよ！」

その時、複数の椅子が動く音がした。

見れば、隣のテーブルにいた派手な装いの令嬢たちが立ち上がっていた。

声をかけてきたベル夫人に、園内を散策してくると説明しているようだ。その最中、見目麗しいカナリア色のドレスを着た令嬢が、わたしに値踏みするような視線を送ってきた。

（なにかしら？）

きょとんと見つめ返す。

令嬢は、金髪の縦ロールを揺らして顔を背け、遊歩道へ歩き去ってしまった。

それを見ていた子爵令嬢は、憤った様子でテーブルを揺らした。

「伯爵家の令嬢だからって感じ悪いわね、エミリア様は！　そういえばお聞きになりまして、彼女の噂。幼馴染《おさななじ》みの騎士に失恋したと相談して、弱ったところを見せて陥落し、婚約者から奪ってしまったのですって！」

「そ、そうなのですか」

子爵令嬢の動きに合わせてカップがカタカタと音を立てるので、わたしは喉が渇いていないのに紅茶に口をつける。

一方、男爵令嬢は「困った人ね」と溜《た》め息をついた。

「エミリア様は強引な恋をなさる方なのです。前の恋人だった第三王子の時は、王子の婚約者だった令嬢を田舎へ追放しましたわ。その令嬢にいじめられたと婚約披露パーティーで訴えて。あれは作り話だったそうで、当時のご友人から告発されておられるとか」

「好きな男性を手に入れるためなら手段を選ばないなんて最低ね!!」

「公爵夫人も、酷《ひど》いとお思いになりますよね？」

「あはは。そうですね……」

育ちがいい令嬢でも下世話な噂には目がないようだ。

そういう話題が苦手なわたしは、つい乾いた笑いが出てきてしまう。

上手《うま》い相づちが思い浮かばない。しばらく席を外した方が良さそうだ。

「申し訳ありません。少々お花摘みに行ってまいりますわ」

お花摘みとは、お手洗いの言い換え語だ。

これを言われた場合、引き留めると相手に失礼になる。

淑女教育が行き届いた令嬢たちは、「行ってらっしゃいませ」と微笑《ほほえ》んでくれた。

「ふう。どうして女性って、ろくに知りもしない相手の噂で盛り上がれるんだろう」

フリルのついた日傘を差して遊歩道を歩いていく。

四角く整備された花壇には、さまざまな植物が植えられていた。

大きな花びらが広がるカサブランカ。夜空の星のように地面を覆うアスター。甘い香りを放つプルメリア。どれも瑞々《みずみず》しく美しい。

木陰にベンチを見つけて休憩していると、

「――セレスティアル公爵夫人を見た？」

話し声が聞こえてきて、わたしはそっと茂みの向こうをのぞく。

見事なクライミングローズのアーチの下で、エミリアが取り巻きの反応を待っていた。

派手な装いの取り巻きたちは、意地悪な顔で笑い合う。

「美人でしたけれど、庶民育ちは隠せませんわね」

「エミリア様の足下にも及びませんわ」

エミリアは、わたしの酷評が聞けて満足したらしく、勝ち誇った顔つきで言う。

「そうよね。私、セレスティアル公爵には呪いがかかっているという噂を聞いて、公爵家からきた縁談を断ったのよ。けれどこの前、偶然にも女王陛下のご公務に付き添われているのを見かけたら、目を見張るような美形だったの。それなのに連れ歩く妻があれだなんて、少しも釣り合っていないわ」

（釣り合ってない……）

努力しているつもりだったけれど、わたしではスノウの妻に見えなかったようだ。

貴族令嬢の内側から放たれる高貴な雰囲気は、たとえ庶民がマナー教育を徹底しても身につけられるものではない。

自覚があって気にしていただけに、エミリアの言葉は胸に突き刺さった。

「最強の国家魔術師には、私の方がふさわしいんじゃないかしら。結婚できたってことは、呪いは単なる作り話だったんでしょう。それならもう遠慮しないわ。今に公爵を奪ってみせる。私に迫られて断れる男なんていないんだから」

エミリアは、大ぶりなバストを揺らし、取り巻きを連れて歩いていった。

残されたわたしは、魔性の女の奪ってやる宣言にびっくりして動けない。

（どうしよう）

男性に近づくのに遠慮がない肉食系のエミリア。

わたしと離婚するまでの間に、アプローチを受けたスノウが彼女を好きになる可能性だってなくはない。

仲睦《なかむつ》まじく寄り添う二人を想像すると、自信をなくした心がくしゃっとしぼんだ。

「……嫌」

スノウに行ってらっしゃいのキスをして、腕を組んで歩き、同じベッドで眠って、おそろいの指輪を身につける女の子は、自分だけであってほしい。

彼に似合うのがどちらなのか、本当は分かっていても。

(わたし、我がままなのかも)

新たな悩みを抱いたわたしは、テーブルに戻ってからもぼうっとしてしまい、同席した令嬢たちに心配されてしまった。

◇◇◇

「アンナ、キッチンを使いたいんだけどいい?」

スノウを仕事に送り出したわたしは、部屋の掃除をしていたアンナに尋ねた。

布巾を手にした彼女は、ブリキの体をギギッと動かして首を傾《かし》げる。

『――食べたい料理がありましたら、シェフがお作りします――』

「自分で作りたいの。スノウに手料理を振る舞いたいと思って。実家では料理していたんだけど、久しぶりだから練習もかねてシェフに教えてほしいわ」

『――かしこまりました。ご準備します――』

エプロンをつけたわたしは、キッチンに行って料理を教わった。

白いコック服を身につけたブリキ人形は、言葉こそ話せなかったが丁寧に手順を教えてくれた。時にはアンナの手も借りて、味見をしながら料理を作り上げていく。

実家ではざっくりとお皿に盛って終わりだったが、貴族の食事は見た目がかんじん。盛りつけた時に綺麗《きれい》に見えるよう、材料の切り方までこだわる。

根気強く作業できたのは、ブリキ人形たちの手助けがあったからだ。

(それと、スノウに覚えていてほしいから)

いつか、この手料理と同じ料理を食べることがあったら、わたしを懐かしんでもらいたい。

その時、彼のそばにいるのが、自分ではない女の子であっても。


ドレスアップして食堂室に入ったわたしは、長テーブルの定位置に座る。

先に着席して、食前酒に手を伸ばしていたスノウは、着飾ったわたしを不思議がった。

「めかし込んでどうした?」

「たまには、ちゃんとした服装で食べようと思って!」

本当は、スノウに綺麗だと思われたくて気合を入れたのだけど、それは内緒だ。

アンナとドレスを選んで、お化粧をして髪をセットする間、ずっとスノウのことを考えていた。

少しでも可愛《かわい》いと思ってほしい。

素直にそう言えばいいのに、わたしの口は強がりで困る。

(甘え上手は愛され上手だって分かっているのに……)

さっそく前菜の皿が運ばれてきた。

小麦粉で作った薄皮にゆでたサーモンを詰めたファルスと、アスパラと海老を交互に置いたカルパッチョが、大きなお皿の中央にちょこんと盛られている。

スノウは、まずファルスを口にした。

「美味《うま》い」

「気に入った?」

いい反応を見せられて嬉《うれ》しくなったわたしは、つい前のめりになってしまう。

うっかりテーブルに手をつくと、スノウの顔色が変わった。

「キアラ。その怪我《けが》は?」

「!」

わたしは、とっさに切り傷がついた手を後ろに隠す。

「あの、実はこのお料理はわたしが作ったの。ナイフを久しぶりに使ったら、食材を刻む時に指を切っちゃって。深い傷じゃないから心配しないで」

「浅くても化膿《かのう》すれば危ない。見せてみろ」

スノウは口を拭って近づいてきた。

観念して傷を見せると溜め息をつかれる。

「痕が残ったらどうする。料理はブリキ人形に任せておけばいいだろう」

「だって。スノウに手料理を食べてほしかったんだもの」

家事もせず、買い与えられたドレスとアクセサリーで着飾り、広いお屋敷で手紙を書いて過ごす悠々自適な生活は、たしかに貴族の夫人っぽい。

だけど、わたしはどうせなら、夫のために努力する妻でありたかった。

「頑張ってるスノウに何をしてあげられるかなって考えて、料理ならできると思ったの」

「僕のため……」

スノウは、切なげに表情を歪《ゆが》めて、わたしの手を両手で握った。

怒られるのかと思って肩をすくめたが、何の反応もない。

おそるおそる見上げたら、透明度の高いセレストブルーの瞳が、吐息がかかりそうなほど近くにあった。

ドキリとするわたしの額に、スノウが自分の額をコツンとくっつける。

「……君は馬鹿か。態度も性格も悪いこんな男のために、努力する必要なんかない」

「スノウのこと、そんな風に思ったことはないわ。人当たりのいい人が善人とは限らないように、口が悪くてもスノウは悪人じゃない。わたしの恩人で、夫で、とっても素敵な人よ」

感情を込めて伝えると、スノウと繋《つな》いだ手が熱くなった。

傷が光り出したと思ったら、痕一つ残さずに消える。

彼が魔法で治療してくれたのだ。

「ありがとう。わたしの魔力では治せなかったの」

「別に、これくらい何でもない」

ふいっと横を見たスノウの顔が、何だかいつもより高い位置にあった。

「あれ？　スノウ、また成長してない？」

身長は完全にわたしに並んでいる。

ここまでくると、顔つきは男の子ではなく男性に近い。

少年と青年の間の不安定な美貌は、国宝を前にした時みたいな畏れ多さがあった。

「また服を新調しなくてはならないな」

やれやれと体を見下ろしたスノウは、はち切れそうなシャツのボタンを外して、マントルピースの上にかけた鏡に自分の姿を映した。

「これまでも急成長したことは何度かあった。全て君が関係しているようだ」

「わたし？」

「そう、僕をこんな風にしたのは君だ」

スノウは、白銀色の髪をなびかせて、わたしの方へ振り向いた。

責める口調なのに表情は柔らかく、瞳は愛《いと》おしいものを見るように細まっている。

「君が僕に優しくするからこうなる。責任を取ってもらいたい」

「責任ね。分かった。どうやって取ったらいいの？」

緊張しながら尋ねると、スノウは指を鳴らした。

どこからともなく魔法の光が現れて、わたしの足首を中心に渦を巻く。

「わわっ」

足が勝手に歩き出して、両手を広げたスノウの元へ飛び込んだ。

スノウは嬉しそうにわたしを抱きとめて視線を合わせてくる。

「これからも僕に手料理を食べさせろ。怪我をしたら僕が治してやる。決して僕以外の人間に触れさせるな」

「そんなことでいいなら喜んでやるけど……。怪我の応急手当はブリキ人形に手伝ってもらってもいい？　一人だと、上手に絆創膏《ばんそうこう》を貼れないの」

「アンナだけにしろ。シェフや執事、男性型の人形はだめだ」

「うん……」

なぜ男性型はだめなんだろう。

スノウのこだわりはたまによく分からない。

しぶしぶ了承すると、スノウはパッと手を離した。

「食事を続けよう」

それからは上機嫌だった。

会話も弾み、これはどんな風に作ったんだ、得意料理は何かと質問攻めにされる。

食後のスイーツとして、雪の結晶をアイシングしたスノウボールを出したら、幼い子どもみたいに目をキラキラさせて食べてくれた。

スノウが満足そうで、わたしまで幸せな気持ちになった。頑張って作った甲斐《かい》がある。

「それじゃあ、また後でね」

自室へ下がろうとしたら、袖をくいっと引っぱられた。

「スノウ？」

「……もう少し話したい」

珍しいおねだりだ。

きゅんとなる胸を押さえて、わたしは微笑む。

「わたしも、もう少し一緒にいたいわ」

居間に移ったわたしたちは、食後の紅茶を飲みながらとりとめのない話をした。

仕事場にラグリオが持ってくるケーキや、わたしのお茶会での失敗、今月だけでレターセットを三つも使ってしまったことなどをお互いに伝える。

何気ない日常を共有して、些細《ささい》なことで笑い合う。

それは、実家で父とわたしがしていた家族の過ごし方だ。

ようやくスノウと本当の家族になれた気がする、そんな夜だった。

◇　◇　◇

料理の他にできることはないかと考えたわたしは、模様替えに着手した。

セレスティアル公爵邸は立派だが、どこもかしこも殺風景で気になっていたのだ。

庭で咲いている花を摘んで花瓶に生け、食堂室のテーブルや寝室に置く。

小さな彩りと瑞々しい香りは、スノウの癒《いや》しになってくれるはずだ。

玄関ホールや応接間には、倉庫にあるという古い絵画を飾ることにした。

雰囲気のある絵を探して埃《ほこり》っぽい倉庫をあさる。

美術品の多くは王家から下賜されたもので、台座や包む麻布にオブシディア魔法立国の国章が記されていた。

一カ所に集められた絵画のキャンバスは、私の身長くらい大きな物もあれば、顔と同じくらい小さな物もある。

風景画がほとんどで、スノウの家族や先祖の肖像画は見当たらない。

「あわよくばと思ったけれど、やっぱりないみたいね……」

床に座り込んだわたしの元にアンナがやってきた。

『──奥様、執事のノートンがお話ししたいそうです──』

「いいわよ。ちょうど休憩したかったところだし、居間に行くわね」

居間に移動して、アンナが淹《い》れてくれた紅茶を飲む。

発掘した絵画を飾ったので室内は華やかだ。

描かれているのは、オブシディア魔法立国の国作りの伝説である。

魔竜という怪物を大魔法使いがギネーダの谷に封印するシーンだ。

この大魔法使いは、それからずっと国を見守っていると言い伝えられている。

オブシディアの人々はこのお話を親から聞かされる。

わたしも毎夜、寝物語として聞いて育った。

そのたびに胸に引っかかることがあった。

「大魔法使いは、魔竜から受けた呪いで不老不死になって、永遠に生きなければならない体になってしまったのよね……」

可哀想《かわいそう》だと泣くわたしに、父は「おとぎ話だよ」と教えてくれた。

けれど、純真な子どもにとって、物語と現実の境目は夢で会う人の顔くらい曖昧だ。

幼いわたしは一心に祈った。

もしも、どこかで今も大魔法使いが生きているなら、彼のそばに愛してくれる誰かがいますように。

永遠に一人ぼっちなんて、寂しいもの——。

過去に思いをはせていると、屋敷の一切を任されている執事が現れた。

ミドルグレーの髪を撫《な》でつけた男性で、ウイングカラーにタイを結んだ執事服を身にまとい、品行方正そうな顔にたえず微笑みを浮かべている。

人に近しい見た目をしているが、彼もブリキ人形だ。

「ノートンさん、お話とは何でしょう？」

『——奥様にお礼を申し上げたいのです。奥様がいらしてから、この屋敷は明るくなりました。旦那様は強く聡明ですが、人嫌いで誰かを懐に入れるような方ではなかった。いつも一人きりでいて、仕事も食事もわずらわしいとおっしゃっていました。それが今では意欲的に出勤し、料理も残さず召し上がる。時折、楽しげに笑ってくださる。全て奥様のおかげです』

ノートンは、ギギギッと体をきしませて深くお辞儀をした。

『私どもブリキ人形は、いつの日か旦那様を救ってくださる誰かが現れると信じてお仕えしてきました。奥様がいらして、どれだけ嬉しかったことか』

ノートンの目から絨毯《じゅうたん》にパタタと雫《しずく》が落ちた。

機械油の涙だ。それだけ切にスノウの身を案じていたのだろう。

わたしは、本当のことを告げようか悩んだ。

でも……式典が終わったら離婚しますなんて話したら、主人を慕うブリキ人形たちは壊れてしまいそうだ。

(黙っていよう。本当に離婚するまでは)

契約内容のことは、スノウとわたし、ラグリオとクラウディア女王しか知らない。

秘密にしておくのは心苦しいけれど、傷つけないための嘘も必要だ。

「顔を上げてください、ノートンさん。わたしもスノウと出会えて嬉しいです。彼と結婚しなければ、一生一人ぼっちだったと思います。ノートンさんは大昔から公爵家に仕えているそうですが、スノウはいつから一人なのですか?」

『――』

ノートンは、ガシャンと口を閉じた。

うんともすんとも言わないので、わたしは首を傾げる。

「あの、ノートンさん?」

『――詳しくは言えません。旦那様の呪いについて、ブリキ人形は語ってはならないと定められておりますので』

〝呪い〟

救いようのない響きに、わたしの肌はザワッと逆立った。

「スノウが呪われているって、本当だったんですか!」

エミリアは言っていた。

セレスティアル公爵には呪いがかかっていると噂で聞いて、縁談を断ったのだと。

けれど実際にはそうではなくて、作り話に過ぎなかったと。

(だから気にしなかったのに)

急にわたしが取り乱したので、ノートンは義眼を揺らして困った。

『旦那様から説明されていないのですか。私はてっきり、奥様は全てを受け入れて嫁いできたものとばかり』

「何も聞いていません。スノウの体に何が起きているんですか?」

「キアラ」

呼ばれて見れば、開いた扉の向こうにスノウがいた。

出勤した時と同じローブ姿で、不ぞろいの書類を挟んだファイルを手にしている。

「ギネーダの呪紋《じゅもん》について調べても分からない箇所がある。教えてもらえないだろうか」

それどころじゃないと、わたしはスノウに駆け寄った。

「あなたの呪いって何なの。どうしてわたしだけ何も知らないの!?」

「君には関係のないことだ」

冷たく突き放されてぼう然とする。

「関係ないわけないじゃない……。わたしたち、夫婦なのよ?」

女王だけでなく、ブリキ人形も、ラグリオさえ知っているのに、どうしてわたしだけ仲間外れにされるんだろう。

わたしが部外者だから？

もうすぐスノウと離れる人間だから？

（こんなにスノウを想《おも》ってるのに！）

泣くのをこらえて、わたしはスノウのローブを掴《つか》んだ。

「スノウが教えてくれないなら、わたしも教えてあげないんだから！」

ローブをめくり上げてスノウに被せる。

「うわっ」

彼の視界が塞がれているうちに居間を出て、一目散に自室へ戻ったわたしは、ふかふかのソファに倒れ込んだ。

「なによ。スノウの意地悪！」

八つ当たりするように、白いクマのぬいぐるみをぎゅうううっと抱きつぶす。

呪いがかかっているなんて重要なこと、家族に秘密にしておく方がおかしい。

スノウがひた隠しにしていたのは、たぶん。

（わたしがお飾りの妻でしかないからだわ……）

行ってらっしゃいのキスも、結婚指輪も、添い寝ですら、スノウは円満に離婚するために必要だからしているに過ぎない。

ドキドキしたり、心を弾ませたり、距離が縮まったと喜んでいたのはわたしだけ。

考えていたら、じわっと涙が浮かんできた。

スノウがわたしと同じ気持ちを抱いてくれないのが悲しい。

(わたし、まるで恋でもしているみたいだわ)

ううん、そんなわけない。自分の気持ちを否定するように首を横に振る。

スノウに恋なんかしない。

報われないと分かっている相手を好きになるほど、わたしは夢見がちな子ではないもの。

その日は晩餐《ばんさん》を欠席した。

真夜中になってもスノウは寝室に来なくて、わたしは久々に一人で眠ったのだった。


翌朝。スノウと顔を合わせづらくて、出勤時間になってもベッドでごろごろしていたら、いきなり氷漬けになった。

『きゃ——————!　冷たいっ!』

「だろうな」

悲鳴を聞いて現れたスノウは、氷ごと抱きしめて解凍してくれた。

「添い寝も行ってらっしゃいのキスもしなければ、当然こうなる」

「むう……。どうしてわたしばっかりなの。スノウは一回も氷漬けになってないわ」

「僕を氷漬けにしても、さして面白くないんだろう。女王が」

イラッとしたわたしは、握った両手をベッドに叩きつけた。

「女王陛下に抗議しにいく！」

「くだらない真似《まね》をするな」

スノウは淡々としている。

最初の頃のような冷たい態度が悲しくてグスンと鼻を鳴らすと、頬にチュッと口づけされた。

行ってらっしゃいのキスだ。

こうしないと、スノウはいつまでも出勤できない。

「……こんな状態でするなんて、どうかしてるわ」

恨みがましく言えば、スノウは浅く息を吐いて離れた。

「そんな風に意地を張っていたら、いつまでも離婚できないぞ」

「そうね。わたしと離婚できなかったら、スノウが困るものね！」

腹が立って、クッションでスノウをバフバフと殴りつける。

「顔も見たくないわ。出ていって！」

「……分かった」

スノウは、わたしの顎に手をかけると、自分の頬を唇に押しつけた。

思わぬ接触に、わたしは目を見開く。

「ん!?」

「行ってきます」

さっそうと部屋を出ていく彼を、わたしはぽかんと見送った。

今のが行ってらっしゃいのキスだとしたら、さっきのは。

「ひょっとして、わたしを慰めるためのキス？」

ぶわっと愛しさが湧き上がって、顔が熱くなった。

「〜やり方がずるい！」

一回のキスですっかり絆《ほだ》されたわたしは、その晩からまた、スノウに手料理を作るようになった。

◇　◇　◇

気づけばスノウと契約婚をして四カ月。

公爵夫人として成長したわたしは、どんなに格式の高いお茶会や鑑賞会に呼ばれても自然に振る舞えるようになった。

片足を引くお辞儀から、相手の家柄に応じた会話までお手のもの。

新婚生活について聞きたがる令嬢を微笑んでいなすのも慣れたものだ。

ベル夫人からもお墨付きをもらい、社交上級者になれたと自画自賛していたのだが。

（さすがに、この場合の振る舞い方は学んでいないわ）

スカートをつまんで最上級のお辞儀をしながら、わたしはだらだらと汗をかいていた。

なぜなら挨拶をしている相手は、このオブシディア魔法立国の支配者クラウディア女王。

そして、ここは宮殿の拝謁の間。玉座が置かれた、女王が客人と面会する部屋だ。

どうしてこんなところに一人でいるのかというと、今日の午前中までさかのぼる。

セレスティアル公爵夫人であるわたしの元には、毎日たくさんの招待状が届く。

その中に不思議な一通を見つけた。

貴族が使うレターセットは、絵付けの施された厚紙やレース紙がほとんどだが、届いた封筒は黄金色に光り輝いていた。

ペーパーナイフを使って封を開けると、中身はクラウディア女王からの呼び出し状だった。

秘密裏にわたしと話をしたいから、今日の午後、宮殿に来られないかという。

脳裏をよぎったのは、スノウにかけられた呪いのことだった。

周りの人々が言いよどむ彼の秘密を、女王の口から説明してもらえるかもしれない。

スノウは休日で家にいるが、こっそり出掛けてすぐ戻ってくれれば不審に思われないはずだ。

わたしは、アンナを呼びつけて外出用のドレスに着替え、公爵家の馬車に飛び乗った。

「お願い。わたしを宮殿まで連れていって」

わたしの望みが伝わったのか、白馬は足並みをそろえて走り出した。

宮殿では丁重に出迎えられ、拝謁の間に通された。

数段高く設《しつら》えられた玉座にはすでに女王が座っていたので、わたしは心の準備もできないままご挨拶しているというわけだ。

「――セレスティアル公爵家よりまいりました。お招きいただき光栄です、女王陛下」

「堅苦しい挨拶はいいよ。顔を上げな」

高貴な人と面会する場合、許可を得るまで顔を見てはならない。

許しを得て、入室してからずっと床を見ていた視線を上げる。

なんだか見慣れないと思ったら、今日の女王はドレスを着ていた。

黄金の装飾がついた純白のドレスは、引き締まった体に沿うシルエットで、裾が百合《ゆり》の花のように広がっている。後ろにたなびくマントも優雅で、鎧《よろい》を身につけている女王を前にした時とは別の緊張感に襲われた。

女王は、侍従に命じて椅子を運ばせ、わたしに座るように告げる。

「ありがとうございます。わたしに話したいこととは何でしょうか？」

「結婚生活は上手くいっているか？」

唐突な質問にドキッとした。

初めての喧嘩《けんか》の後だったので余計にだ。

わたしは動揺を悟られないように慎重に答える。

「仲良くしています。契約書の項目も、二人で協力して四つ目までこなしました。記念式典までには七つとも達成できると思います」

円満離婚まであと少しだ。

スノウに家族以上の気持ちを抱きかけているわたしは複雑な心境だが、女王はぱっと表情を明るくする。

「協力してということは、スノウリーはそなたに友好的なのだな。それで、そなたはスノウリーを好きになったのか?」

「すっ！　好きなんて、まだ、その」

口でどんなに否定しても、体の反応は嘘をつけない。

ポポポンと赤くなるわたしに、女王は大喜びで手を叩く。

「いい反応じゃないか。あの冷血漢がそなたを追い出さないか心配していたが、職場でのろけるくらい入れ込んでいるとカシスフィルド副団長から聞いてな。そなたの方はどうなのかと気になっていたのだ。キアラ、今後もスノウリーを頼むぞ」

「はい！」

侍従が次の予定を知らせに来たので、わたしは空気を読んで部屋を下がった。

(恋愛の意味で好きかどうか、追及されなくてよかった)

ほっとしたわたしは、当初の目的を思い出してうなだれた。

「せっかくスノウの秘密を聞けるチャンスだったのに……」

『セレスティアル公爵の呪いについて、教えて差し上げましょうか』

「え？」

かけられた声に振り向く。しかし、廊下には誰もいない。

『ここです。ここ』

視線を動かしていくと、壁際で黒い蛇が頭をもたげていた。

本来、蛇はしゃべらない。

スノウが生み出す伝書鳩《でんしょばと》と同じく、魔法で作られた動物のようだ。

『はじめまして、セレスティアル公爵夫人。わたくしは宮廷魔術師アビゲイルの使い魔です』

国家魔術師は馴染み深いが、宮廷魔術師という役職は初めて聞いた。

戸惑うわたしを誘うように、蛇は二つに割れた舌をチロチロと出す。

『公爵の命を奪う呪いを、妻である貴方《あなた》はご存じない様子ですね』

「命を奪う？　それ、どういうことですか!?」

『知りたければ後をついておいでなさい』

蛇はくねくねを体を動かして進み始めた。

「ま、待って」

少し遅れて後を追っていく。

廊下を曲がり、通ったことのない回廊を渡って、宮殿の裏手にある庭に出る。

庭には古びた塔が立っていた。石造りの円柱にとんがり帽子のような屋根がのっていて、絵本に出てくる魔女の住処《すみか》みたいだ。

「この場所でアビゲイルさんが待っているんですね？」

『どうぞ、上まで』

塔の内側に沿ってぐるりと作られた階段を上っていく。

照明はないので通風口から入る陽光だけが頼りだ。

懸命に足を動かしていると、どこからか花の蜜に似た濃厚な香りが漂ってきた。

心地良くて眠くなるが、まかり間違って足を踏み外せば大怪我はまぬかれない。

気を引き締めて二階分の高さまで上ったら、鉄の扉が現れた。

『こちらでございます』

扉はひとりでに開いた。

そうっと足を踏み入れて驚く。

真正面に、見覚えのある貴族令嬢がずらりと並んでいたからだ。

「皆さん、こちらで何を……」

「お集まりのご令嬢は貴方に話があるそうですわ」

話しかけてきたのは、部屋の中央に立った背の高い女性だ。

「あなたが宮廷魔術師のアビゲイルさんですか？」

「そうですわ。はじめまして、セレスティアル公爵夫人」

アビゲイルは実に艶美な容貌をしていた。

細かくカールしたこげ茶色の髪は冬枯れした木立のよう。化粧は濃く、ぽってりと赤い唇が扇情的で、同性のわたしですらクラッと自分を見失いそうになる色気があった。

レース仕立ての黒いドレスは、豊満な胸元と左太ももがあらわになった大胆なデザインで、どことなく悪い魔女を思い浮かべてしまう。

スルスルと床を這《は》った蛇は、彼女の左足に巻きついてそのままタトゥーに変化した。

「スノウの呪いについて教えてくださると聞いてきました。このご令嬢たちはどうなさったんですか？」

「ごめんなさい。あれは貴方をお呼び立てするための真っ赤な嘘でしたのよ。ご令嬢たちが熱心に訴えてくるものだから、力を貸すことにしましたの」

アビゲイルは赤く塗った爪をひるがえした。

「皆々様、どうぞお好きになさいませ」

すると、令嬢たちはギンとわたしを睨《にら》みつけた。

思わず「ひっ」と声が漏れる。

「公爵夫人に申し上げたいことがありますの」

一歩前に出たのは、ベル夫人のお茶会で同席した男爵令嬢だ。

おっとりした可愛らしい少女だったのに、今は光の差さない瞳でわたしを見すえている。

「お送りしたお茶会の招待状に、欠席の返事をよこしましたわね。あなた、我が家が男爵だからって下に見ていらっしゃるでしょう！」

「違います。お断りしたのは、別のお茶会への出席が決まっていたからです」

「私も文句があるわ！」

次に口を開いたのは、声の大きな子爵令嬢だ。

興奮した様子でわたしを罵倒する。

「公爵夫人は、ヴァイオリンの演奏会で、私がいた席とはわざと遠くに座られたわ。顔見知りの私に挨拶もしなかった！　あれはどういうこと⁉」

「連れ合いがいたので席を離れられなかったんです。ご挨拶する時間がなくて申し訳ございません」

「嘘つき！　私たちのことを見下しているからでしょう。自分は、あのセレスティアル公爵に選ばれたから！」

子爵令嬢は、髪にさしていた羽根飾りをむしって、わたしに投げつけてきた。

他の令嬢も憎悪をたぎらせている。このままではリンチされかねない。

「皆様、そんな風に物を投げつけたら公爵夫人がお可哀想ですわよ」

物陰からカナリア色のドレスを着た令嬢が現れた。

甲高い声と愛らしい顔立ち、縦ロールの金髪は忘れようもない。

スノウを略奪すると宣言した伯爵令嬢エミリアだ。

彼女は、わざとらしくスカートをつまみ上げた。

「ごきげんよう、セレスティアル公爵夫人。令嬢とのお付き合いが下手でいらしたので、少々調べさせていただきましたわ。貴方、庶民の出なんですってね。たまたま教会にいたところを公爵に見初められたとか。それまではグランダロス子爵のご令息を惑わしていたのに、さっさと乗り換えるなんて、とんでもない悪女だわ」

酷い言い草だ。わたしは胸に手を当てて主張した。

「惑わしてなんかいません。子爵の息子には、わたしが付きまとわれていたんですよ！」

「そんな嘘、ここにいる令嬢は誰も信じないわよ」

エミリアは、アビゲイルと悪い顔で笑い合った。

「セレスティアル公爵には、嘘つき庶民じゃなくて、もっと相応《ふさわ》しい相手がいるはずですわ。たとえば私みたいな。皆様もそうお思いになるでしょう？」

令嬢たちは、オウオウと獣のような雄叫《おたけ》びを上げた。

（いくらわたしとスノウの結婚が気に入らないからって、貴族令嬢がこんなはしたない声を上げるはずがないわ）

ベル夫人の教育のおかげで、わたしには貴族としての心構えが身についている。

どんな状況でも己を失わず、狼狽《うろた》えず、気高くあれ。

名家の令嬢たちだって、血のにじむ努力をして身につけた気品を、ただの庶民出の娘のために放り出しはしないだろう。

アビゲイルは、黒いヒールの先で床に置いていた香炉をコツンと蹴った。

「ご自分が置かれた状況がお分かりになったかしら。セレスティアル公爵夫人」

甘い煙を立ち上らせる赤い香炉には、三つの丸が彫り込まれている。

わたしはその形に見覚えがあった。

（あれは、たしか……）

「観念して、セレスティアル公爵と離婚なさいな。今なら、命だけは無事に実家に帰してあげましょう」

「嫌です」

「……今、何かおっしゃいまして？」

わざと聞こえなかったふりをするアビゲイルに、わたしはツカツカと歩み寄った。

「スノウはわたしを選んでくれた。わたしも彼を選びました。彼が信じてそばに置いてくれる限り、誰に批難されても離婚なんかしません！」

重たいヒールを振り下ろして香炉を割る。

途端に、部屋がぐにゃりと歪んだ。

石造りの壁や床は姿を消して、代わりに大きな湖が広がる。

集められた令嬢たちは、夢から覚めたように辺りを見回した。

「ここはどこ？」

「宮殿の裏手にある湖畔です。わたしたちは塔の幻覚を見せられていたんですよ。これで」

わたしは、香炉の欠片《かけら》から三つの丸がある部分を手に取った。

「これはギネーダで使われている呪紋です。幻覚作用のある〝ドールアイベリー〟という植物の実の形をしていて、人に催眠をかける時に用います」

山渓国ギネーダでは、病人や怪我人にこの呪紋を書いた器から水を飲ませる。

そうすると、催眠状態に入って痛みを感じなくなるのだ。

「塔に漂っていた甘い香りは眠気を誘う香でした。アビゲイルさんとエミリア様は、集めた令嬢にわたしを糾弾させるため、呪紋を使って錯乱させたんです」

言い当てられたエミリアは、サッと顔色を変えた。

「こんな簡単に見破られるなんて話と違うじゃない、アビゲイル！　私は知らないわよ！」

隠し持っていた気つけ薬を地面に叩きつけて、この場から足早に去ろうとするが、駆けつけた魔法騎士に行く手をはばまれる。

「なによ、お前たちは！」

「アタシの騎士さ」

エミリアの前にふわりと降り立ったのは、大剣を手にしたクラウディア女王だった。

彼女の後ろには、魔法の箒《ほうき》にまたがったスノウの姿もある。

急いで飛んできたのだろう。

スノウは、普段着のベストスーツに、ローブを引っかけただけの軽装だった。

アビゲイルは女王に向かって膝をついた。

「これはこれは、クラウディア女王陛下。ご機嫌麗しく存じます」

「うむ。近くに不穏な気配があるとスノウリーが知らせに来たので、暴れるチャンスだと大急ぎで駆けつけたのさ。なのに、令嬢の群れしかいないじゃないか。いつの間に、アタシの宮殿はお茶会会場になったんだい。首謀者は？」

「そちらにいる、伯爵令嬢エミリア様でございます。わたくしは騒ぎが大きくならないよう、なりゆきを見守っておりました」

「ほう、そなたか。うちの三男が世話になったな」

女王は両手で剣を構えた。

他の令嬢たちと同じく姿勢を低くしていたエミリアは、引きつった顔で訴える。

「私はただの代表です！　セレスティアル公爵夫人が社交界で浮いていらっしゃるので、忠告して差し上げただけですわ！」

　すると、令嬢たちがめいめいに声を上げた。

「公爵夫人の悪い噂なんて聞いたこともありません」

「ええ！　今日は宮殿で開かれるガーデンパーティーにまいりました！」

「どういうことだい？」

　困惑する女王に、スノウは「呪紋のせいだ」と教えた。

「集められた令嬢には、キアラを憎く思うよう催眠がかけられていたのだろう。彼女の手にある欠片に魔力を感じる」

（スノウ……）

　説明を入れなくても察してくれて、わたしの胸は温かくなった。

　離れていても、魔法がなくても、わたしとスノウは通じ合っている。

　事態を把握した女王は、剣を下ろして騎士に命じる。

「そやつを捕らえよ」

「はっ」

「やめて！　離して！」

　抵抗空《むな》しく、エミリアは縄をかけられた。

自分も捕まるのかとビクビクする令嬢たちに、女王は歯を見せて笑いかける。

「そなたらは催眠をかけられていただけ。捕まえる道理はない。せっかく宮殿まで来てくれたんだ。お茶とケーキくらい振る舞おうではないか。たまにはド派手に催さなければ、パティシエの腕が鈍《なま》ってしまうからな。さあ、中へ！」

令嬢たちは列になって宮殿に向かった。

それを見届けた女王は、今度はアビゲイルの方を振り返った。

「まだベリアムのことでアタシに刃向かおうっていうのかい。そなたは優秀な魔術師だ。スノウリーの次に強いってんで、宮殿の端に住まわせてやってるんだよ。悪さをするようなら、今度こそ国外へ追放する」

「悪巧みなど考えたこともありませんわ。かつては女王陛下の伴侶であったベリアム卿《きょう》に仕えていましたが、卿がお亡くなりになった今は陛下の魔術師ですもの」

真っ赤な唇が弧を描くのを、スノウは冷ややかな瞳で見つめた。

「貴殿が、あのエミリアという令嬢に呪紋を教えたのではないのか？」

「まさか。呪紋に関しては貴族の方がお詳しいのでは？　競うようにギネーダの品々を買いつけているようですし。それとも、今話題の併合反対派と関わりがあるのかしら」

アビゲイルはあくまでもしらを切った。証拠がない以上、追及もできない。

女王は、ふうと息を吐いてスノウを止める。

「まあいいさ。アビゲイルはお茶の準備を手伝え。あれだけの令嬢を持て成すのは一国の女王でも手にあまる。スノウリー、後始末は頼むぞ」

女王は、踵《かかと》を慣らして宙に浮かび、アビゲイルと共に姿を消した。

残されたわたしは、ぽつりと呟く。

「女王陛下とアビゲイルさん、仲が悪そう」

「悪いに決まっている。アビゲイルは、女王の夫だった故ベリアム卿の愛人だ」

女王とベリアム卿の間には王子と王女が合わせて五人いる。政略的な結婚の末、それだけの子をなしたが、二人の間に愛情はなかったようだ。

大人の汚い部分を見せられた気がして、わたしは顔をしかめた。

「なんだか複雑ね」

「世の中にはそういう夫婦もいるというだけだ。何があった？」

「あのね――」

わたしは、スノウに先ほどの出来事を話した。

魔法の蛇に呼び出されて、幻覚で作られた塔に登り、アビゲイルと出会ったこと。

エミリア率いる令嬢たちに離婚を迫られたこと。

香炉にギネーダの呪紋を見つけて、割って幻覚を解いたこと――。

黙って聞いていたスノウは、欠片にある三つの丸に興味を持った。

「これに、そんな作用があるのか」

「わたしも実際に使われているのは初めて見たわ。とても強い催眠で、手元に気つけ薬を用意したエミリア様だけが正気だったの。それに、わたしも過度には惑わされなかったみたい。どうしてかしら？」

「君には元から多少の魔力がある。さらに、これも」

スノウが指を鳴らすと、わたしの胸元から結婚契約書が飛び出した。

「契約書の魔法には、保持者が条件を達成せずに死ぬことがないように、あらゆる危険から守護する効果がある」

「そうだったのね。あとで女王陛下にお礼を言わないと」

「その前に」

スノウは、がしりとわたしの肩を掴んだ。

「どうして僕に知らせずに外出した」

「それは、女王陛下からお手紙が届いて宮殿に呼び出されたから、その……」

後ろめたさで縮こまるわたしを、スノウはトンと突き放した。

「言えないとなれば仕方がない」

足下からガガガッと氷の柱が突き出した。

氷はカチカチとパズルのように組み合わさって巨大な結晶を作り出し、わたしは、あっという間に氷漬けになってしまう。

『何が悪かったの――――!?』

「契約内容に反したからだ。五つ目を確認してみろ」

　視線を動かして、宙に浮かんだ契約書を確かめる。

――五、隠し事をしないこと

　次に挑戦するはずだった五つ目の項目が、チカチカと点滅していた。

　スノウは、ほれ見たことかと言いたげに腕を組む。

「僕に内緒で行動するからこうなる」

『そんなのおかしい！　隠し事ならスノウにもあるじゃない！　わたしだけ知らない秘密。それを探ろうとしただけよ!!』

「秘密と隠し事は違う。秘密は持たざるを得ないもの。隠し事は持てあまして困るもの。君に後ろめたい気持ちがあったなら、それは隠し事だ」

『～ごめんなさい！　わたしが悪かったわ!!』

　半泣きで謝ると、スノウは氷に抱きついて解凍してくれた。

　無事に解放されたのに腕はいつまでも緩まない。

「スノウ？」

「本気で心配した……」

スノウは、わたしの存在を確かめるように抱く腕に力を込める。

「君が屋敷にいないと気づいた僕は、悪い想像をたくさんした。もしも君が暴漢に襲われていたら。悪い魔術師に拐《かどわ》かされていたら。併合反対派に捕まっていたら……。不安で頭が割れてしまいそうだった」

「ごめんなさい、本当に」

「それでは足りない」

人差し指で顔を上に向けられたわたしは、息をのんだ。

（あ……）

スノウは、普段の彼からは想像もつかない、迷子の子どもみたいな顔をしていた。

何気ない嘘に純粋な心を傷つけられて、どうやってもう一度信じればいいか探している、そんな表情でもあった。

切羽詰まった雰囲気にのまれて、セレストブルーの瞳から目をそらせない。

「二度と僕に隠し事をしないでくれ。君を屋敷に閉じ込めて、僕しか触れられないように、魔法で封じてしまう前に……」

「わ、分かった、約束するわ。指切りでも何でもす――んっ！」

言い終わる前に、スノウに唇を奪われた。
行ってらっしゃいの時とは違う、噛《か》みつくようなキスだ。
呼吸を奪うように何度も角度を変えて吸いつかれて、体から力が抜けていく。
息が苦しい。それなのに、夢に落ちていくみたいに心地いい。
目蓋を閉じて倒れそうになるわたしを、背に回ったスノウの腕が抱きとめる。
（スノウの唇、熱い……）
ファーストキスを奪われてしまった。
すごく恥ずかしいはずなのに抵抗できない。
求めてくれる彼への愛しさで、胸がひたひたに満たされていく。
（やっぱり、わたし、スノウが好き）
スノウは、わたしをどう思っているのだろう。
まだ、式典に出るために仕方なくした契約婚の相手としか見ていないだろうか。
（契約書にない、恋人みたいなキスをしているのに？）
背に腕を回そうとすると、スノウの方から唇を離される。
ぽうっとのぼせるわたしに、スノウは口元だけで笑いかけた。
「僕らの約束は、契約書にも認められたようだ」
言われてみれば、五つ目の項目に花丸がつくところだった。

「あと、二つね」

「ああ。この調子ならすぐだろう」

待ち遠しそうなスノウを目のあたりにして、ああ、とわたしの心は沈む。

項目を全てこなしたらスノウと離婚しなければならない。

どんなに恋心を募らせていても、彼はわたしを愛してはくれない。

記念式典まで、あと少し。

離れるまでのカウントダウンは、もう始まっていた。

◇　◇　◇

「ぐぬぬぬ。あのセレスティアル公爵とかいう子ども、ぼくのキアラに何てハレンチな真似を！」

湖の向こう岸で流木に腰かけたモーリスは、脂肪がたっぷりついた体をぷるぷる震わせて怒っていた。

掲げた望遠鏡の筒には、人の目を模したギネーダの呪紋が描かれている。

これがあると、遠くにある物や小さな物をよく見ることができるのだ。

「待っていてねマイハニー。その顔だけ国家魔術師は、ぼくちんが始末してあげるから！　でもおかしいな。あの公爵、前はもっと小さかったような……」

「古い呪いがかかっているそうですよ」

いつの間に近づいたのか、モーリスの横に長身の青年が並んでいた。

オブシディア人にしては彫りが深く、無造作に結った黒髪はしっとりと光る。

襟の合わせが独特な上着には天然石のビーズを縫い込み、太いベルトに実用的な諸刃《もろは》のナイフを差し、なめし革のブーツを履いた山岳民族の装いは、王都ではほとんど見ない服装だ。

「ひえっ、なんだお前！」

モーリスは驚いて逃げていった。

青年は見向きもせずに湖の向こうを見つめた。

鷹《たか》のように鋭く、血のように赤い瞳で。

「オブシディア魔法立国が擁する大魔法使いの底力、見せていただきましょうか」

第五章　隣国から来た強敵

記念式典まで一カ月に迫ったある日。
わたしは、フリルがあしらわれたドレスを身にまとい、宮殿の正門前に立っていた。
周囲には魔法騎士団が銃剣をたずさえて並んでいる。
警護が厳重なのは、国家レベルの要人を出迎えるためである。
国政的に重要な場面に、どうしてわたしが立ち会っているのかと言うと——。
「馬車がまいられた！　銃剣、構え！」
櫓《やぐら》からの号令で、騎士たちは剣を天に向けた。
大通りを抜けてきた馬車が目の前で停まる。騎士が踏み台を下ろして扉を開ける。
中から現れたのは、
「キアラ————！　私はもうだめだ。責任重大で死にそうだよ！」
実家に残してきた父だった。
ネクタイを締めた正装はキリリとしているのに、半泣きの表情は情けない。
わたしは、抱きついてきた父を片手で押し返す。

「お父さん、しっかりして。こんなところを見られたら、せっかくご推薦くださった女王陛下ががっかりされるわよ。ほら、自分の足で立って」

「いや！」

「嫌がらないの！」

父と押し問答していると、馬車の中からクスクス笑いが聞こえた。

「失礼。こんなに仲の良い親子は、初めて見たものですから」

降りてきたのは、長めの黒髪がよく似合う美青年だった。

垂れ目がちな瞳は血のように赤く、彫りの深い顔立ちには野性の鷹《たか》のような威容がある。

襟元が開いた民族衣装には、芙蓉《ふよう》の花を象《かたど》った文様が織られている。

芙蓉は山渓国ギネーダの長だけが使える文様だ。

わたしは父を振りほどいて、ギネーダの最敬礼となる腰を折ったお辞儀をした。

「ようこそ、お越しくださいました。山渓国ギネーダ首長、サイファ・ユーベルム・ギネーダ様」

サイファは、近く併合が決まったギネーダの首長だ。

まだ二十代後半と若いが、クラウディア女王と渡り合って、ギネーダに有利な形での併合を取りつけた。

オブシディア魔法立国の防護魔法を山渓国全体にかけることや、産出品である宝石や貴重な動植物の輸出関税の撤廃、観光ビザなしでの出入国を可能にするなど、彼が女王に認めさせた条件は多岐にわたる。

そんな才覚ある人物の案内役に、なぜよりにもよってわたしの父が選ばれたのかというと、ギネーダの文化に詳しいからだ。

父一人では大変なので、わたしも手伝うようにと女王陛下から勅命が出た。

「わたくしは、こちらにいるブラウ・エドウィージュの娘、キアラ・ルクウォーツ・セレスティアルと申します。父と共に首長様のお世話をさせていただきます」

「サイファとお呼びください。よろしくお願いします、キアラさん」

流暢《りゅうちょう》なオブシディア語には訛《なま》りがなかった。

胸に手を当てる礼の仕方はギネーダ独特だが、こちらの文化圏でも問題なく生活していけそうだ。

「貴方《あなた》の名前には、『ルクウォーツ』が入っていますね。それは、ギネーダ語で『大切な人』という意味ですよ」

「知っております。先祖がギネーダ人なんです。エドウィージュ家では、直系に娘が生まれたら、その名前を入れるしきたりがあります」

「ブラウ氏とは家名が違うようですが?」

「結婚して、別の家に嫁ぎました」

答えたら、サイファは面白くなさそうに口を曲げた。

「既婚者……。まあ、問題ないでしょう。オブシディア魔法立国は、ギネーダのように男性の権力が強い国ではありませんよね。女性からでも離婚はできますか？」

「可能ですが、どうしてそんなことをお尋ねに？」

気になって問いかけると、サイファは芙蓉の花が開くように美しく笑った。

「貴方にはギネーダ由来の魔力が宿っています。こんな場所で巡り合えるなんて運命に違いありません。ぜひ我が国に迎えたいので、私と結婚してギネーダ首長夫人になってください」

「ええっ!?」

「安心してください。旦那様への慰謝料や諸々《もろもろ》は私の方で払いますから」

「いいえ、結構です！　というか、諦めてください！」

「そう言わずに」

サイファの手がわたしの肩にかかった。その瞬間。

ゴオッと突風が吹いた。

真夏だというのに、粉雪を含んでいる冷たい風だ。

サイファをはじめ、父や騎士たちは、いきなりの猛吹雪に姿勢を低くした。

「きゃっ」

風に煽《あお》られたわたしは地面に転げそうになった。

視界に濃紺のローブがひらめき、すかさず腕を回されたので倒れずにすむ。

身を預けた感触から、顔を見なくても支えてくれた相手が分かった。

「スノウ……」

わたしを抱き止めたのは、女王のそばでサイファの到着を待っているはずのスノウだった。

顔は険しく、手にはエルダー材の杖《つえ》を握っている。

ということは、この猛吹雪の仕掛け人は――。

「スノウ、魔法を抑えて！　サイファ様は国賓！　今、この国でもっとも重んじられる要人だから!!」

「何が要人だ。僕の妻を奪おうとする不届き者に礼儀は要らない。どうせ、そいつにとっては僕の吹雪なんか、そよ風と一緒だろう」

「見破られてしまいましたか」

サイファは物を払うように手をないだ。

すると、吹雪は押し返されて、あっという間に消えてしまう。

「魔方陣もなしに、どうやって……」

「ギネーダにも、魔力を行使する魔方陣のようなものがあるんですよ。呪紋《じゅもん》といって、服に織り込むことで着用者を守るんです」

サイファの服の模様がキラキラときらめいた。

ただの織物に見えるが、織り込まれている柄は全て呪紋だった。

「これだけの風を起こして息も切らさない。貴方、何者ですか？」

薄く笑うサイファに、スノウは敵愾心《てきがいしん》をあらわにした冷たい声で答える。

「スノウリー・セレスティアル公爵だ。主席国家魔術師で、キアラの夫でもある」

「貴方がキアラさんの伴侶でしたか。しかも、最強と謳《うた》われる国家魔術師とは」

大げさに驚いたサイファは、わたしたちの方に歩み寄ると、追い越し様に一言、

「実に壊しがいがありますね」

と呟《つぶや》いた。

スノウは、わたしの腰に回した手にぐっと力を込める。

「キアラは渡さない」

「それは彼女が決めることです。貴方と私、どちらが素晴らしい男なのか勝負しましょう」

サイファは、ヒラヒラと長い袖を揺らして、宮殿への橋を渡っていった。

その後を魔法騎士が慌てて追いかける。

「あの若造……。僕に勝負を挑むとは、いい度胸だ」

スノウがいつまでも険しい顔をしているので、わたしは皺《しわ》の寄った眉間に指を当てた。

「どう見てもスノウの方が若いわよ。心配しなくても、サイファ様にはついていかないから安心して。結婚した以上、スノウの妻としての責任は果たすから」

わたしは緩んだ腕を抜け出して、しゃがみ込んでいた父を引っ張る。

「スノウが来たわ。お父さん、挨拶して」

「お義父様《とう》、お見苦しいところをお見せしました。挨拶のためにキアラと家にうかがって以来、ご無沙汰しております」

頭を下げるスノウに、よろりと立ち上がった父は目を瞬《しばたた》かせる。

「久しぶりとはいうけど、ほんの五カ月しか経《た》っていないよ。スノウリー君は大きくなったねえ。前に会った時は、十歳くらいの男の子だったのに」

「事情がありまして、体が急激に成長しました。これで誰に文句を言われることもなくキアラの夫として振る舞えます。ご安心ください」

「いやいや！　今までのスノウリー君を頼りないと思っていたわけではないんだよ。強い魔術師は持って生まれた魔力のせいで年齢不詳になるって、本当なんだと思っただけでね」

父は、恥ずかしそうに頬をかいた。

「別に君が十歳でも十六歳でもいいんだ。キアラを幸せにしてくれる相手だと思って託《たく》したんだから。こんな父の元で苦労した子だ。大切にしてやってね」

「はい。人生の全てをかけて守ります」

スノウが強い口調で言い切ったので、わたしの心は揺れた。

（わたしたちは、式典を終えたら離婚するのではなかったの？）

父へのリップサービスだろうか。

それとも、本気でわたしを生涯の伴侶にと考えているのだろうか。

わからない。胸がドキドキして、上手《うま》く頭が回らなかった。

三人で宮殿の謁見の間に向かうと、サイファは女王との会談を始めていて、遅れて到着したわたしたちに片手をあげた。

「遅かったですね。貴方たちがいないうちに、女王陛下に約束を取りつけましたよ」

「約束とは何でしょう？」

わたしは怪訝《けげん》な表情で聞き返した。

スノウも答えを聞くのが嫌そうな顔をしている。

たぶん、ろくでもない予感を感じ取ったのだ。

オブシディア魔法立国と山渓国ギネーダ間の取り決めであれば、こんな短時間で合意することはない。

決められるのはせいぜい、サイファ個人のことくらいのはずだ。

「すまんな二人とも。この男、セレスティアル公爵家に滞在したいらしい」

困惑げに話す女王に、スノウは毅然《きぜん》と答えた。

「拒否する」

「女王の頼みを断るな。こいつは生意気なガキでも要人だぞ。ギネーダに詳しいキアラから生活のサポートを受けたいそうだ。セレスティアル公爵邸であれば、少数の警護だけでも身の安全は図られるので、アタシに反対する余地はない」

「キアラさんがいれば私は十分です。ブラウ氏は挙動が変なので、いてもいなくてもかまいません」

「ああ……。さっそくお払い箱……」

ふらついた父を支えたわたしは、困り顔でスノウを見上げる。

「家に招かないと、わたしはサイファ様が滞在する宮殿に泊まり込むことになるわ」

そうなれば、行ってらっしゃいのキスも、寝室を共にすることもできない。

氷漬けになった時、近くにスノウがいなければ自然解凍を待つしかない。

スノウは「最悪だ」と漏らして、サイファを睨《にら》みつけた。

「我が家への滞在を認めてやる。ただし、キアラに何かしたら、着の身着のままで通りに転がすからな」

「貴方は独占欲の塊ですね。幼稚な男は嫌われますよ」

「幼稚なのは貴様だ」

火花を散らす二人を、わたしはハラハラしながら見つめた。

こうして、セレスティアル公爵家では、山渓国ギネーダの首長のホームステイを受け入れることになってしまったのである。

◇　◇　◇

「キアラさん。お湯が出ないのですが」

「またですか？」

白いシャツ姿のサイファに声をかけられて、わたしは生けていた花を置いた。

朝風呂が趣味の彼は、毎朝のようにお湯が出ないと訴えにくる。

彼が起き出すのはスノウが出勤してからなので、同じベッドで眠っているところも、行ってらっしゃいのキスも見られていないが、連日はさすがに大変だ。

サイファが滞在している客間のお風呂をのぞくと、お湯を出す蛇口が凍りついていた。

「スノウが悪戯《いたずら》していったみたいです。ちょっと待っていてくださいね」

アンナに温タオルを準備してもらって蛇口に巻きつける。

こうして、ゆっくり温めないと管が破けてしまうのだ。

無事に解凍されたので、お湯を浴槽《よくそう》にためる。

「これで使えますよ」

椅子に座って様子を見ていたサイファは、不憫《ふびん》そうにわたしを見た。

「セレスティアル公爵は、毎日のように私に嫌がらせをしてきますね。貴方はあんな夫のどこがいいんです？」

「性格に難があるというのは結婚してから知りました。だけど、不思議と憎めないんです」

スノウと出会った時、彼の見た目は十歳だった。

口は悪く態度も冷たい。

けれど、氷漬けになったわたしを放置したり、契約書を放棄したりはしなかった。

わたしの新生活に不便がないように、ブリキ人形に魔法をかけたり、部屋を女性が好みそうな調度品でそろえたり、高価なドレスや宝石を買い与えてくれた。

小さな優しさの積み重ねがあるから、わたしはスノウを信じられるのだ。

「スノウは強い魔術師です。けれど、魔法でわたしを従わせようとしたことは一度だってありません。自分がどうしたいか、わたしがどう思うかを、ちゃんとくみ取ってくれます。見た目はひねくれた子どもでも、立派な夫なんです」

素直じゃないスノウを思い出すと勝手に表情が柔らかくなる。

それを見たサイファは、椅子から立ち上がってわたしの肩を押した。

「きゃっ」

わたしは浴槽にお尻から落ちた。ジャバッとお湯が跳ねてサイファにかかる。

濡《ぬ》れて体に張りついたシャツ越しに、黒い模様が見えた。

ギネーダの呪紋だ。

なんとサイファの上半身には、さまざまな呪紋が入れ墨で刻まれていた。

「驚きましたか。これがあるから、私は首長になれたんですよ」

サイファは浴槽の縁に頬杖をついて、猛禽類《もうきんるい》が獲物を見るような目で笑う。

「貴方には公爵が純粋な子どもに見えているんですね。あれの正体を教えてあげますよ」

溜《た》まったお湯が盛り上がった。

透明な水は、ぐにゃりと形を変えて髑髏《どくろ》の形になる。

「骨？」

「本来であれば、とっくに死んでいるはずなんですよ、あの男は。貴方、結婚しているのに手がついていませんね。このままだと死人に抱かれてしまいますよ。だから」

私を選んで。そう言う唇の動きが、なぜかゆっくりに見えた。

甘い響きに意識を奪われて、頭がぼうっとする。

「嫌です……わたしには、スノウが……」

「ここにはいませんよ。貴方の嬌態《きょうたい》を知るのは私だけです」

サイファの手がわたしの頬に触れ、そこから首へと滑っていく。

触れられたところがゾワゾワして、底の見えない落とし穴に引きずり込まれるような危うげな気持ちになる。

気を抜くと、良からぬ誘いにのってしまいそうだ。

（嫌よ、スノウを裏切りたくない）

逃れようと身をよじったわたしは、浴槽の縁についた丸い引っかき傷に気づいた。

香炉にあったのと同じ、ドールアイベリーの呪紋だ。

気づいた途端、契約書をしまっている胸の辺りがカッと熱くなった。

「離してください！　呪紋で人を操るなんて卑怯《ひきょう》だわ!!」

力いっぱいサイファの体を押すと、タイミングよく客間に控えていたノートンが顔を出した。

『――どうされました、奥様』

ノートンは、主《あるじ》であるスノウから、留守中にわたしを見守れと命じられている。

さりげなくそばにいてくれるので、今の叫び声も聞こえていただろうけれど、ここでわたしが取り乱したら国賓であるサイファを家から追い出しかねない。

(追い出してしまったら困ったことになるわ)

オブシディア魔法立国にとっても、女王にサイファを任されたスノウにとっても。

「……つまずいて浴槽に落ちてしまったの。ヒールで傷がついたみたいだから、内側を磨いてちょうだい。サイファ様のお体も拭いて差し上げて」

『かしこまりました。サイファ様、失礼いたします』

ノートンは、サイファを強引に立たせると、置いてあったバスタオルでゴシゴシ拭いた。

「痛い痛い。優しくしてください！」

『申し訳ございません。私はブリキ人形なので、力の加減が難しいのです』

嘘《うそ》だ。スノウの魔法は繊細なので、ブリキ人形たちは、人やお皿、扉などに適した具合で触れられる。

手つきが乱暴なのは、ノートンがサイファに怒っているからに他ならない。

「この屋敷の人形たちは不躾《ぶしつけ》ですね」

体中を擦《こす》られてもみくちゃになったサイファは、タオルにくるまって離れたところから睨んでいたわたしに謝った。

「呪紋を使って誘惑したのはやりすぎでした。もうしないと誓います」

「信じられません。わたしから一メートルの範囲に近づかないでください」

「悪い魔法使いから、貴方を助け出したくてやったことなんです。お詫《わ》びに貴方の役に立ちましょう。何かしてもらいたいことはありませんか？」

「してもらいたいこと、ですか？」

とっさに、スノウの呪いについて教えてほしいと言いそうになった。

体に呪紋を刻まれているサイファは呪いにも詳しいはずだし、先ほどの『とっくに死んでいるはず』という言葉もそれに関連している気がする。

他の人はためらう秘密も、スノウを敵視しているサイファなら後腐れなく教えてくれそうだが……。

（でも、それだけ大事なことなら、スノウの口からちゃんと聞きたいわ）

周りの人があんなに気を遣って、スノウ自身もはぐらかすくらい繊細な問題だ。いくらわたしが知りたくても勝手に暴いてはならない。

わたしがスノウの秘密を知りたいのは助けたいからだ。

そのためにスノウを傷つけてしまったら本末転倒である。

秘密を探るのはやめることにしたが、そうするとサイファにしてもらいたいことがない。

『――奥様。ダンス稽古の伴奏をお願いしてはいかがでしょう』

どうしようか悩んでいたら、突然ノートンが口を出したので、わたしはぎょっとする。

「伴奏？」

『必要でしょう？』

二週間後、わたしはスノウと王家主催のダンスパーティーに出席する。

公の場に二人で参加するのは初めてだ。

絶対に失敗したくないが、残念ながらわたしはダンスが苦手。

忙しいスノウを頼れないので一人で自主練習をしているが、踊る相手も伴奏もない中、アンナの手拍子でステップを踏むのはなかなかに辛《つら》かった。

「そうね。サイファ様、わたしのダンス稽古に付き合っていただけませんか？」

「伴奏で、ですね。ギネーダの弦楽器を持ってきているので、それで奏でましょう」

サイファが了承してくれたので、場所を大広間に移す。

ピアノが置かれている他は椅子くらいしかない部屋の中央に、わたしは一人で立った。

サイファは床にあぐらをかき、ギターに似た形の弦楽器を斜めに構える。

「ワルツは三拍子でしたね。故郷の歌でちょうどいいのがあります」

サイファが奏で始めたのは昔懐かしい調べだった。

主の腕を離れた鷹が、故郷の空を高く高く飛んでいく光景を歌った、美しい曲だ。

聞き覚えがあるのは、生前の母がよく口ずさんでいたからである。

ステップを踏み出すと、脳内に母の優しい歌声が聞こえてくる。

母は、楽しそうに歌った後で必ずこう言った。


――この鷹の主はね、オブシディア魔法立国を作った大魔法使いだったのよ。魔竜を封印した時、その身に呪いを受けて不老不死になってしまった主のために、呪いを解いてくれる人を探しにいく勇敢な歌なの。どうやって呪いを解くのか？　そんなの決まっているわ――


「――呪いを解くのは、いつだって愛なのよ」

母の口癖を真似《まね》したら体がふらついた。

倒れないように足を踏ん張った拍子に、足首がぐにゃっと曲がってしまう。

「痛っ！」

『奥様』

駆け寄ってきたノートンの肩を借りて確認すると、くるぶしが赤く腫れていた。

「うわぁ、捻挫《ねんざ》しちゃった」

『氷をご準備します。旦那様にもお知らせしなくては――』

「スノウには内緒にして！」

サイファが屋敷にいるせいか、最近のスノウは不機嫌だ。

ダンスパーティーが近づいているのに捻挫したなんて知られたら、出会った頃のように冷たく突き放されてしまうかもしれない。

「大丈夫。このくらい、すぐに治るから！　サイファ様、伴奏をありがとうございました。疲れたのでお茶にしましょう」

強がるわたしの号令で、ダンスレッスンはお開きになった。


「ただいま」

「おかえりなさい、スノウ」

わたしは、仕事から帰ってきたスノウに笑顔で応じた。

歩かずに彼を出迎えるため、少し前から玄関ホールで待っていたのだ。

立っているだけで足首がジクジク痛むが、一人でいないと怪我《けが》に気づかれてしまう。

「今日も蛇口に悪戯をしていったでしょう。もうやめてね。毎日のようにサイファ様にお湯が出ないって助けを求められて、わたしも大変だから」

「……キアラ？」

「そういえば、ラグリオさんは元気かしら。お菓子は届くけれど、家には来てくれないもの。スノウは職場で会っているのよね。どんなご様子なの」

「キアラ」

早口でまくし立てるわたしの唇に、スノウは指を当てた。

「いつもの君らしくない。何を隠そうとしている？」

「か、隠し事なんて、して」

「して？」

ない、と言い張れば、契約書に反したとして氷漬けになってしまう。

凍った現場をサイファに見られるわけにはいかないので、わたしはしぶしぶ白状した。

「しようと思っただけ。実は、足首を捻挫してしまったの」

一応、自分で治癒魔法を施してみたものの、一時的に痛みが弱くなっただけで怪我自体は治らなかった。時間が経つごとに痛みは酷《ひど》くなってきている。

スカートをたくし上げて赤く腫れた患部を見せると、スノウは嘆息した。

「こんな状態で出迎えに来るな。部屋で大人しくしていろ」

「だって！　スノウに、おかえりって言いたかったんだもん」

「僕のために、君が痛い思いをする必要はない」

スノウは杖を振るった。

先端から流れ出した光の粒子がわたしの体を取り巻くと、重力が消えてしまったように胃がふわっとする。

異変が起きたのは胃だけではない。わたしの体は、わずかに宙に浮いていた。

「まさか、旅行バッグみたいに飛ばすつもり!?」

「そんな真似するか」

スノウは、わたしの背と膝の裏に手を当てて横抱きにした。

「抱いていくに決まっている」

階段に足をかけたスノウは、わたしに振動が伝わらないよう慎重に上ってくれた。

おかげで足首はさほど痛まない。

むしろ胸の方がキュンキュンして痛い。

わたしは、両手で顔を覆ってのぼせ上がった。

「スノウ、いつの間にそんな格好良くなっちゃったの？」

真剣な表情も、澄んだまなざしも、すっかり大人の男性だ。

「まるで王子様みたい」

「残念だったな、僕は魔術師だ。それとも君は、サイファみたいな権力者がお好みか？」

すねた口調で尋ねられたので、わたしは彼の首に思い切り抱きついた。

「王子様より魔法使いがいい！」

「……なら、大人しくしていろ」

優しく言ったスノウは、わたしを寝室のベッドに寝かせて、足首に治癒魔法をかけた。

ガーゼに冷気の魔法をかけて、その上から丁寧に包帯も巻いてくれる。

「治癒魔法をかけたから、数日で治るはずだ。サイファにやられたんじゃないだろうな？」

「違うわ」

浴槽で一悶着《ひともんちゃく》あったのは事実だけれど、捻挫したのはわたしが悪い。

「スノウをびっくりさせたくて、ダンスの練習をしていたの。そしたらつまずいちゃって。怪我をしたって言ったら、呆《あき》れられると思って言い出せなかったの」

「内緒にして、怪我が長引いたらどうするんだ」

「考えが浅かったわ。ダンスパーティーに参加しておいて踊れなかったら、公爵であるスノウが笑い者になっちゃうものね」

「そんなことどうだっていい。僕は、君がすぐに話してくれなかったことが気に入らない」

包帯を巻き終えたスノウは、わたしのふくらはぎの内側に唇を当てた。

「ちょっと、スノウ⁉」

強く吸いつかれて、肌にチクッとした痛みが走る。

すぐにスノウは口を離したが、吸われた箇所が赤く痕になっている。

これは世に聞くキスマークでは。

わたしの頭のてっぺんがボン！　と噴火した。

「～ななな、なんでこんなこと！」

「これが消えるまでの間は思い出すだろう。夫に隠し事をするとどうなるか」

スノウは、小動物でも可愛《かわい》がるようにキスマークを撫《な》でた。

恥ずかしすぎてパニックになったわたしは、近くにあったクッションを投げつける。

「信じられない！　スノウの変態！」

「世の男はもっと酷いぞ」

スノウは、ひょいっとクッションを受け止めて口角を上げた。

「変態なところ、もっと見たいか？」

「いりませんっ！　次に何かしたら、口をきいてあげないんだから！」

ぷんすか怒って布団にもぐると、スノウは声を出して笑った。

人をからかうのが好きなんて、本当に意地悪な魔法使いだ。

（それでも好きだなんて。わたしはどうかしているわ！）

自分の趣味の悪さを恨んでいると、シーツの上から頭を撫でられた。

「おやすみ、僕の奥さん」

恥ずかしさが天元突破したわたしは、布団から出るに出られなくなってしまった。

数日後には、足首の捻挫は綺麗《きれい》に治っていた。

けれど、スノウにつけられたキスマークは、怪我よりずっと長く残って、わたしの胸をかき乱した。

第六章　魔法のない夜

オブシディア魔法立国の迎賓館。

ダンスホールに下りる階段の踊り場で、わたしは感動していた。

「すごい……」

この世のものとは思えない豪奢《ごうしゃ》な空間で、美しく装った紳士と淑女が歓談している。

魔法で空中に浮かんでいるのは、国立管弦楽団のオーケストラピット。

床に貼られているのは、ピカピカに磨き上げられた大理石だ。

吊《つ》られたシャンデリアには、炎ではなく星明かりを灯《とも》してあってキラキラと輝いている。

「貴族のパーティーも華やかだけど、王家が主催ともなると豪華絢爛《けんらん》ね」

「これでも女王の命令で抑えてある方だ。権威ある貴族は、パーティー会場に金の湧く泉を設置させたり、ケーキを咲かせる花を植えたりする」

「楽しそうね。お花に咲いたケーキ、食べてみたいわ……」

「妄想も結構だが、僕と離れすぎると氷漬けになるぞ」

「はっ。そうだった！」

わたしは、スノウの腕に手をかけて階段を下りた。

ただ歩いているだけなのに好奇の視線を送られる。

(目立つのも仕方ないわ。社交界にほとんど姿を現さないセレスティアル公爵が、新妻を同伴して参加しているんだもの)

もしも彼が十歳の見た目のままだったら、ここまで注目は浴びなかっただろう。

だが、今のスノウは十五、六歳くらい。

すらりと伸びた背や輝く白銀色の髪、たぐいまれなる美貌が醸し出す貴族の中の貴族といった雰囲気は、もはや歩く芸術品だ。

スノウの装いは氷の貴公子の名に相応《ふさわ》しいものである。

セレストブルーの宮廷服には、雪の結晶が銀刺繍《ししゅう》で入れられている。

ブーツには宝石ボタンを惜しみなく使い、国家魔術師の印であるローブは、身につけた衣装が見えるように肩でとめてある。

スノウに目を奪われた人々は、彼がエスコートするわたしに視線を動かして、驚いた表情を浮かべた。

(不釣り合いだったかしら)

わたしの衣装は、スノウとおそろいの生地にリボンをあしらった夜会ドレスだ。

デコルテの開いたデザインや宝石を縫い止めたチョーカーは、スノウの相手には相応しいがわたしが身につけるには派手すぎたかもしれない。

「スノウ。わたし、お屋敷に戻りたい……」

「夫婦のお披露目なのに、片方が欠けてどうする」

「だって。スノウとわたしじゃ不釣り合いすぎて、みんながっかりしているもの」

もしもスノウが、エミリアのように美しい貴族令嬢を連れ歩いていたら、周りは見事だと拍手を送っただろう。

上流階級に後ろ盾のないわたしでは、彼の妻役を満足に演じられない。

「わたし、自分の価値が低いってよく分かってるわ。あんな形で出会わなければスノウの隣に立てなかった。今のスノウなら世界中の女の子を選び放題よ」

弱音を吐き出すと、どんどん気持ちが沈んでいく。

ホールの中ほどで足を止めたスノウは、近くのテーブルに手を伸ばした。

「世界中の誰を選んでもいいなら、僕はキアラを選ぶ」

「え……」

「君は世界で一番美しい。そう見える魔法をかけてやる」

そう言って、スノウはぽかんと開いたわたしの口に、大粒のダイヤを放り込んだ。

「！」

「魔法で作られた菓子だ。噛《か》んでみろ」

言われた通り歯で噛み砕くと、中に閉じ込められていた蜜がジュワッと広がった。

「苺《いちご》のショートケーキの味がする！」

「宝石糖と言って、ケーキやタルトの味がするものだ。魔法をかけたフードやドリンクは、貴族の夜会ではよく並ぶ」

スノウは、シャンパン入りのグラスを持ち上げて表面を吹いた。

弾《はじ》けた泡が虹色のシャボン玉になって飛び上がる。空中を流れるシャボン玉を、貴族の令息たちがきゃっきゃと歓声を上げながら追いかけていく。

小さな女の子が足下に来たので笑いかければ、頬を赤くして走り去ってしまった。

「わたしの姿、スノウの魔法で美しく見えているのね」

「先ほどのは冗談だ」

「え？　でも、今……」

「綺麗《きれい》だ、キアラ。僕の相手は君しかいない」

貴公子然としたスノウに面と向かって褒められたら、ちょっとだけ自信が持てた。

「あ、ありがとう……」

「さて、あの若造はどこに行った？」

「サイファ様のこと？　先に会場に入っていったから、ホールにはいるはずだけど」

周囲を見回すと、サイファの居場所はすぐに分かった。

談話用の椅子が置かれた一角に人だかりができている。

この機会に、山渓国ギネーダの首長と繋《つな》がりを持ちたい貴族と、精悍《せいかん》なサイファと一言でも交わしたいと願う令嬢の集団だった。

「魔法騎士が近くにいるし、あのままでいいんじゃないかしら」

「あいつはキアラを口説いて、ギネーダに連れ帰ろうとするような男だぞ。被害者を作らないためにも邪魔するべきだ。椅子の周りに吹雪を吹かせてやる」

「待って」

スノウが杖《つえ》を取り出して振ろうとしたので、慌てて止める。

「国賓に悪戯《いたずら》してはいけないわ。お屋敷ではサイファ様が笑って許してくださるけど、ここで同じことをしたら国際問題になるもの。令嬢が口説かれないように、ダンスが始まるまでわたしが見張ってる。それならいいでしょう？」

お願いすると、スノウは不服そうな顔をしながらも認めてくれた。

「何かあったら周りに助けを求めろ。僕はクラウディア女王陛下を出迎えに行く」

スノウと離れたわたしは、人だかりが見える位置に立った。

魔法がかかった飲み物やお菓子を堪能しながら、サイファを観察する。

会話に聞き耳を立てていたが、併合に対する決意を表したりオブシディアの文化について論じたりと、真面目な首長を演じている。

周囲の女性に愛を囁《ささや》くことは一度たりともなかった。

(わたしに迫ったから女性好きだと思ったんだけど、そういうわけでもないみたい？)

やがてサイファは、騎士に伴われて休憩室へ行くことになった。

わたしも彼らの後ろをついていく。

廊下では、一休みする招待客や会場を担当するスタッフなど、大勢の人が行き来していた。

甘い香りの花を植えた鉢と小さな泉が設置してあり、花の蜜や水が飲めるようになっている。

喉が渇いたと泉に寄ったサイファは、グラスで一口飲んだ後、水面をのぞき込んだ。

わたしの方からは横顔しか見えなかったが、唇がニイっと横に引かれる。

あんな風に笑うなんて、水飲み場で何を見つけたのだろう。

彼が休憩室に入るのを見届けてから泉に近づいてみる。

大きな水瓶に、無限に湧いてくる水は無色透明だ。あふれた分が縁からこぼれ落ちるが、魔法の効果で床を濡《ぬ》らすことなく消える。

わたしは広がる波紋の奥をじっと見つめる。しかし、何も見つけられない。

「サイファ様はどうして笑ったのかしら」

水に手を入れると、指先にコロンとした何かが触れた。

すくい上げてみれば、それは三センチくらいの丸い水晶だった。

水と水晶は屈折率が近いから、水中で見えなくなっていたようだ。

水晶の表面には、ドールアイベリーの三つの丸が刻まれていた。

「惑わしの呪紋《じゅもん》だわ！」

厳重に警備されているはずの迎賓館にあってはならないものだった。

不穏を感じて周囲を探ると、鉢に敷いた軽石の中にも水晶が紛れ込んでいた。会場に戻ったわたしは、カクテルグラスに入れたチェリーに同じ呪紋が焼きつけられているのを見つける。

(誰かが、この会場で悪さをしようとしてる！)

とにかくスノウに知らせないと。わたしは絨毯《じゅうたん》が敷かれた廊下を走った。

小部屋をノックしていくが休憩室にはいない。

通りがかりのスタッフに女王の居場所を聞くと、上階の控え室だという。

警護していた騎士に事情を話して二階に通してもらった。

階段を上り、廊下を歩くわたしの肌をひんやりした風がかすめる。

表に続く戸が開いているようだ。やがて窓の向こうに、ウッドデッキに置かれた椅子に腰かける女王が見えた。スノウはそのかたわらに立っている。

わたしはわずかに開いた戸に手をかけた。

「スノ――」

「キアラに聞いたぞ。仲良くやっているそうじゃないか」

女王が語り出したので、わたしは物陰に身を隠した。

スノウは女王の問いかけに淡々と答えていく。

「順調だ。二人で力を合わせて、契約書の五つ目まで達成した」

「アタシが聞いてるのは新婚生活の方だ。止まっていた体の成長も順調そうに見える。あのお嬢ちゃんに愛されているからじゃないのかい？」

「体は、僕が愛《いと》しさを感じると成長するらしい。呪いの影響で十歳まで戻っていた見た目が、キアラが来てここまで伸びた」

思いもよらない真実にびっくりして、わたしはよろめきそうになった。

（スノウが、わたしを愛しく思っている？）

本人が言うならそうなのだろうけれど、にわかには信じられなかった。だって、これまでのスノウときたら、自分のことは年齢すら語りたがらなかったのだ。

女王も同じように思ったのか、念を押して確認する。

「スノウリーは、あのお嬢ちゃんが愛しいのか？」

「ああ。だが、キアラが僕を愛しているかは知らない。魔法で心はのぞけない」

寂しそうな答えを聞いた女王は、組んでいた足を解き、パーティーヒールで床をガツンと叩《たた》いた。

「愛されているか分からないだと？　それなら早々に離婚しろ」

「離婚はできない。契約書にかけられた魔法のせいで、項目を全てこなさなければ結婚契約の解除は難しい。それは、契約書を作った人間が一番知っているはずだが？」

「あれは、あの娘を逃がさないための口実だ。アタシの魔法など、お前が本気になればいくらでも破れる。違うか、大魔法使い！」

（え……？）

衝撃だった。

スノウとこなしてきた結婚契約書は、彼がその気になればいつでも破棄できたらしい。

しかも、大魔法使いって――。

女王は、パーティーのためにセットした髪をガシガシとかきむしる。

「なぜこんなことになった。もうじき建国から千年が経《た》つのだぞ。それまでに心から愛してくれる者が現れなければ、お前は死んでしまう。分かっているのか！」

「それでも僕は、キアラを手放せない」

夜風がスノウの銀髪を舞い上がらせた。

目を伏せた表情は険しくも安らかで、まるで死期を悟った老人のようだ。

「たとえ愛してくれなくても、このまま死ぬことになっても、彼女と一緒にいたい。小さなことで嬉《うれ》しそうに笑う彼女をそばで見ていたい。こんな気持ちを抱いた人間は、千年生きてきて彼女が初めてだ……」

すっと視線を上げて、スノウは当惑する女王に宣言する。

「僕はキアラを愛している。誰に何を言われようと彼女を離さない」

「っ」

一切の迷いがない言葉に、わたしは泣きそうになった。

わたしの想《おも》いは一方的じゃなかった。

契約婚から始まったわたしたちだけれど、ちゃんと愛し合う夫婦になれたのだ。

女王は静かな口調で、スノウに再度問いかけた。

「このままでは本当に死ぬぞ、大魔法使い」

「かまわない。建国の英雄ではなく、彼女の夫として逝けるなら」

「っ、そんなのだめ！」

わたしが物陰から飛び出すと、スノウと女王は目を丸くする。

「キアラ、いつからそこに」

「少し前からよ。スノウにかかっている呪いって、千年前に魔竜を封印して受けた呪いだったのね。どうして教えてくれなかったの？」

スノウは、都合が悪くなった時の癖を発揮して、ふいっと視線をそらした。

「……言えば、怖がられるだろうと思った。呪われていると聞くと、一度は僕に興味を抱いた令嬢ですら逃げてしまう」

「わたしって、そんなに信用ならない？」

ショックで手から水晶がすべり落ちた。

軽い球体が、木でできた床をカラカラ転がる音が響く。

「他の令嬢がどうだったかで判断しないで。わたしを信じてよ。スノウの奥さんは、わたしなんだから！」

叫んだら、じわっと涙が浮かんできた。

正面にいるスノウの顔が、湖の底から見上げたように歪《ゆが》む。

「わたしに愛されているかどうか分からないなんて、スノウの口から聞きたくなかった……」

大粒の涙をこぼすと、スノウは狼狽《うろた》えた。

「キアラ……」

慰めようと腕を伸ばして、けれど、抱きしめられずに手を止める。

意地悪なくせに、意気地なしの魔法使いだ。

ぐちゃぐちゃな気持ちで立ち尽くしていると、水晶を拾った女王が「これは？」と問いかけてきた。

「模様が刻まれているようだが」

「貸してみろ」

手渡された水晶を確認したスノウは、眉間に皺《しわ》を寄せた。

「人を惑わす呪紋だ。キアラ、これをどこで見つけた？」

「控え室の廊下で……。飲み水の泉や花を植えた鉢、カクテルグラスのチェリーにも同じ呪紋があったわ。何かが起こるんじゃないかと思って知らせに来たの」

わたしは涙を指で拭って答えた。

ダダダと足音がして、ラグリオら数名の魔法騎士が二階に駆け上がってくる。

「女王陛下！　迎賓館の周囲に複数の爆発物を発見しました。撤去に当たらせていますが、少し妙でご報告に」

「何が気になる。カシスフィルド副団長」

声をかけられたラグリオは、敬礼して答えた。

「はっ。爆薬の量が異常に少ないのです。着火してもほとんど殺傷力はありません。爆発により大きな音を出すことで、場を混乱させるためのものではないかと」

わたしははっとした。

「犯人は、今夜のパーティーを襲撃するつもりかもしれません！」

呪紋で催眠をかけた会場に爆発音を響かせれば、大パニックを起こせる。

そうなった場合、外部から賊が侵入するのは簡単だ。

「この会場には、クラウディア女王陛下と山渓国ギネーダの首長サイファア様がおられます。併合反対派は、この機会を狙っているはずです！」

「ただ今より、戦闘態勢に入る！」

女王は、その場に立ち上がると、ひざまずいた騎士たちに命じた。

「併合反対派によるテロ攻撃が予想される。参加者の保護を第一目標とし、ネズミ一匹この会場に入れるな。仕掛けられたギネーダの呪紋は、発見次第全て取り除け。犯人を見つけたらただちに捕縛せよ。行動開始！」

騎士たちは、魔法元素の力を借りて風のように早く駆け出した。

女王は、魔法でドレスから甲冑《かっちゅう》に着替えると、スノウと寄り添うわたしを見る。

「泣かせてすまなかったな、スノウリーの愛妻よ。そなたは、ギネーダの呪紋に詳しいと報告を受けている。アタシらに協力しておくれ」

「もちろんです！　わたしが見つけた呪紋は小さいものばかりでした。パーティーに集まった人々を混乱に陥れるには、効果が弱いと思います。会場のどこかに、もっと大きな仕掛けがあるかもしれません」

「ほう。では、その大きな呪紋の発見はお前たちに任せよう。頼んだぞ、スノウリー」

女王は踵《かかと》を鳴らして忽然《こつぜん》と姿を消した。スノウはわたしの手を引く。

「僕らも行こう。呪紋はどこに仕掛けられている可能性が高い？」

「ダンスホールだと思う。人がたくさん集まっている場所だから」

スノウと共にホールに戻ったわたしは、階段の上から辺りを見渡した。

壇上に女王とサイファの姿がある。

甲冑姿で現れた女王に驚いている者もいるが、サイファは平然と椅子に肘をついていた。場が混乱すると犯人の思う壺《つぼ》のため、テロが迫っていることは伏せられているようだ。爆発が起きないうちに、大きな仕掛けを取り除かなくてはならない。

(呪紋は、人々の体に影響を与えられそうなものについていたわ。魔法のお菓子みたいに、体に取り込めるもの？　いいえ、もっと大局を見ないと)

考え事をしていたら焦点が遠くなった。

絢爛な光景がぼんやりかすんだと思うと、視界にうごめく三つの丸が現れる。

「あれは……」

丸は、人でできていた。楽団の演奏に合わせて踊る人の輪だ。

普通は会場いっぱいに広がって踊るのだが、なぜか手を取り合った男女の列がつらなって、会場に三つの丸を作っている。

「スノウ。呪紋はダンスの輪よ！　犯人たちは、踊る人々をドールアイベリーの形に誘導するために、飲み水やシャンパンに小さな仕掛けを施して催眠をかけたんだわ！」

「よく見つけた。参加者に知られないうちに形を崩そう。楽団の邪魔をして演奏を止める」

「邪魔すると騒ぎになっちゃう。大丈夫。わたしたちならできるわ」

わたしは、杖を出そうとしていたスノウの手を握った。

「セレスティアル公爵と公爵夫人は、みんなの注目の的だもの！」

「うわっ」

スノウの腕を引いてホールに下りる。

ヒールを立てて姿勢を正し、戸惑っているスノウと向き合った。

片手で彼の手を握り、もう片方の手はわたしの腰に持っていく。

「さあ、旦那様。踊りましょう」

空いた手でスカートをつまんで、ステップを踏み出す。

前に、後ろに、横に。麗らかな演奏に合わせて足を運び、体をひるがえす。

猛特訓したおかげでスノウの足を踏まずにすみそう。でも油断は禁物だ。

一生懸命なわたしは、ギャラリーの存在も忘れて、彼と呼吸を合わせることだけ考える。

「キアラ……」

呼ばれて視線を上げると、セレストブルーの瞳の奥に、青い炎が燃え上がっていた。

道理で握られた手が熱いわけだ。スノウにしては珍しく感情的になっている。

何も言われなくても、彼がわたしを求めているのが分かった。熱い視線に一瞬で魅了された
わたしは、魔法にかけられたように彼に夢中になる。

(どうしよう。スノウ以外、何も見えない)

鏡のようにきらめく髪も、精巧に作られた人形のような顔立ちも、しなやか体つきも。踊る
スノウは、どこをとっても夢のように美しい。

うっとりするうちにダンスから意識が遠のいて、気づけば全てを彼にゆだねていた。

スノウのエスコートに導かれるまま、わたしの足は軽やかに踊る。彼と心の奥底で繋がっているのが分かるから、緊張や不安にさいなまれることはない。

スノウと一緒なら虹の向こうまで行けそうだ。

優雅に見つめ合うわたしたちは、周囲の人々をも魅了した。

氷の貴公子とその妻の愛を燃え上がらせるダンスに、周りは次々と骨抜きにされていき、一組、二組、と踊りの輪から外れる。

やがて、会場で踊っているのはスノウとわたしだけになった。

ドン！

突然、聞こえてきた爆発音に、足が止まる。

「爆薬は、騎士が処理したんじゃなかったの？」

「発見漏れがあったんだろう。来るぞ」

スノウが杖を出して構える。

ほどなくして、口元を布で隠した武装集団が階段の上に現れた。

集団といっても人数は三人。

筒に着火芯を差した古典的な爆薬を手にしている。

「この会場は我々が占拠した！　殺されたくなかったら両手を上にあげろ！」

だが、会場の人々は誰一人動かなかった。

楽しそうに上を見上げたり、指さしたりしている。

彼らの視線を追って天窓を見上げたわたしは、夜空に大輪の花を見つけた。

「花火が上がっているわ……」

色つきの炎が円形に広がる花火は、山渓国ギネーダでお祝い事の際に打ち上げられるものだ。

先ほどの爆発音の正体は、爆薬の発見漏れではなく、花火を打ち上げる音だった。

顔を戻せば、武装集団は騎士に取り押さえられて、会場から連れ出されるところだった。

女王は、スノウとわたしに向かって、ぐっと親指を上げた。

「事件にならなくてよかったわね。スノウ」

「ああ。念のため、踊りの輪ができないように注意しよう」

パーティーの進行を担当する魔術師を呼び出して事情を説明すると、すぐに対応してくれることになった。

わたしたちは二階のバルコニーに戻る。じきに、女王とサイファも来るはずだ。

「スノウ！　と、キアラちゃん！」

先にやってきたのはラグリオだった。

「ダンスお疲れ～。会場中が虜《とりこ》だったぞ。さすがだな！」

「あれは呪紋を壊すためにしたことだ。任務の最中だろう。何しに来た？」

スノウに冷たくあしらわれたラグリオは、楽しげな表情から一転して真剣になる。

「報告に来たんだ。さっきの武装集団、会場のスタッフに金を握らせて呪紋を仕掛けさせたらしい。そいつらに資金を提供した疑いがあるのが、グランダロス子爵の息子だ」

「モーリスだわ……」

青ざめるわたしの代わりに、スノウは答える。

「キアラに結婚を迫っていた迷惑男だ。逮捕したか？」

「相手は貴族だし、疑いだけではどうにもできない。ギネーダの首長と一緒に暮らしているスノウやキアラちゃんに接近してくるかもだから、警戒だけはしておいて。特にキアラちゃん。絶対に一人にならないこと。いいね？」

「……はい」

何とか答えたけれど、わたしの気は動転していた。

ラグリオが去って二人きりになると、スノウは心配そうにわたしの背を撫《な》でる。

「顔色が悪い。どうした？」

「モーリスに呪紋について教えたのは、わたしなの。商会にお客様として来ていた時、宝石に刻まれた模様の意味を知りたがったから、ギネーダでは魔方陣の代わりに紋章を使うんだって説明したわ。その時の知識を使って、併合反対派に協力しているのだとしたら――」

参加者が催眠効果のある水やチェリーで惑わされそうになったのは、わたしのせいだ。

罪悪感に押し潰されそうになっていると、スノウにそっと抱き寄せられた。

「キアラのせいじゃない」

「誰も怪我《けが》をしなかったから、そう言えるのよ。もしも女王陛下やサイファ様、参加者に何かあったらと思うと、すごく怖い……」

「安心しろ。女王もサイファも、この国の全てを僕が守る」

スノウはわたしと向き合って手を腰に回した。

「少し踊ろう。君の気が晴れるまで」

誰もいないバルコニーで、わたしとスノウは踊った。

彼の胸にもたれて揺れるだけの静かなワルツは、不安に凝り固まったわたしの心を解いていった。

「ありがとう、スノウ。落ち着いたわ」

体を離したその時、羊皮紙がわたしの中からするんと飛び出てきた。

結婚契約書の七つある項目のうち、新たに花丸がついたのは。

――六、お互い以外とダンスを踊らないこと

スノウとだけ二度も踊ったので、達成したとみなされたようだ。

残るは、最後の一つだけ。

――七、心から愛し合うこと

これを達成できなければ、わたしたちは離婚できない。

そして、愛されなければ、スノウは死んでしまう。

「スノウ、あなたは国作りの伝説に出てくる大魔法使いだったのね。大魔法使いは、魔竜を封印する時に呪いを受けて不老不死になったんでしょう。それなのに、どうして死んでしまうの？」

「魔竜の封印が解けるからだ。僕は、千年後によみがえった魔竜に食われて、非業の死を遂げる呪いがかかっている。魔術師の死に様は、穏やかでなければならないのに」

「非業の死だとどうなるの？」

「死の間際の憎悪で、生前にかけた魔法が暴走する。僕が魔竜に食われて死んだら、オブシディア魔法立国は混沌《こんとん》となるだろう」

スノウは、もの憂《う》げにバルコニーにもたれかかった。

「呪いを解くのは愛らしい。だが、これまでの人生で、僕を心から愛してくれる人は見つからなかった。女王が君と無理やり結婚させたのは、この国を守るためだ」

もしもスノウが魔竜に食われて死ねば、彼がオブシディア魔法立国にかけている防護魔法が暴走し、建国前の荒れた大地に逆戻りしてしまう。

「僕が契約婚に抵抗しなかったのは、それで呪いが解けるならと期待したからだ。君が騙《だま》されたまま僕を愛して、呪いが解けたら解放するつもりだった。実際は、僕の方ばかりが愛してしまったんだから、笑い話だ」

「ぜんぜん笑えないわ」

わたしは、バルコニーに手をついて彼に並んだ。

「愛してくれてありがとう、スノウ。わたしもスノウが好きよ。でも、呪いは解けていないのよね？」

「ああ。項目の七つ目も達成されていない。想いを言葉にしただけでは、愛を伝えたことにはならないらしい」

「難しいわね。心から愛し合うって、どうしたらいいのかしら……」

家族に与える愛は実家でたくさんもらった。

スノウにも愛を与えたいと思って行動してきた。

きっと、契約書や呪いに求められている愛は、別の形をしているのだ。

スノウは美しい顔に暗い影を落とした。

「キアラ、僕を怖いと感じるなら逃げてくれ。君を巻き込みたくない」

「嫌よ。死ぬまでスノウのそばにいる」

震える手を取って、指を絡めて握り合う。

お互いにはめ合った結婚指輪が、花火の色を映してきらめいた。

「だって、わたし、こんなにあなたを愛しているんだもの」

「……ありがとう」

この日、千年もの長い間、一人で生きてきた大魔法使いは、ようやく愛してくれる人を見つけた。

第七章　愛《いと》しさの証明

セレスティアル公爵邸の居間で、宙に浮かんだ結婚契約書を前にわたしは悩んでいた。

「どうしたら、わたしとスノウが心から愛し合ってるって、認めてもらえるのかしら……」

先日のダンスパーティーの夜に、わたしたちはお互いの気持ちを確かめ合った。

期間限定の契約結婚だったのに、気づけば二人とも恋に落ちていたのだ。

女王に宣言したように、スノウはわたしを愛してくれている。

わたしもスノウが大好きだ。

それなのに、契約書の七つ目である『心から愛し合うこと』の項目は反応してくれない。

文字が光るどころか点滅すらしないなんて、さすがにおかしい。

「女王陛下がかけた魔法に欠陥があるんじゃないかしら。スノウはどう思う？」

「これまでを考えると欠陥はありえない。クラウディア女王は性格こそあれだが、並みの魔術師に匹敵するだけの魔法の才能を持ち合わせている。そうでなければ魔法騎士団を率いていけないだろう。いつまでも立っていないで座ったらどうだ」

カウチソファで魔法書を開いていたスノウは、立ちっぱなしのわたしを手招いた。

お決まりのベストスーツが暑そうに見えるけれど、冷房魔法の効果で屋敷全体が涼しい。サマードレスを着ているわたしが寒そうに見えたのか、心配そうに二の腕に触れる。

「少し冷えているな。寒くないか？」

「これくらいなら平気よ」

「女性が体を冷やすものではない」

スノウは杖を振るって冷房魔法を弱めてくれた。それで十分なのに、わざわざノートンを呼び、薄手のブランケットを持ってこさせてわたしの肩にかける。

「こんなになるまで気づけなくてすまない。君をもっと大事にしたいのに……」

過保護に気遣われて、わたしの胸はきゅんとした。

潤《うる》んだセレストブルーの瞳や形の良い唇、澄んだ声に不安がにじむのは、それだけわたしという人間を本気で思いやっているからだ。

ただ室温を調節して、肩に布をかけてもらっただけなのに、なんだかものすごく愛されている気がした。

「スノウ、わかったわ。これよ！」

彼の胸に手をついて、天啓を受けたみたいに目をキラキラさせるわたしに、スノウは不可解そうに顔をしかめた。

「何のことだ？」

「愛し合うって、きっとこういうことだわ。お互いを慈しみ合うの」

契約書が反応しなかったのは、相手を思いやる気持ちがわかりにくかったせいかもしれない。露骨に心配したり行動を起こしたりして、契約書の魔法に『この契約人たちは愛し合っているな。しかも心から!』と思わせなければならないに違いない。

「スノウはわたしの体調を案じて、冷房魔法を弱めてブランケットをかけてくれたわ。風邪をひいているわけでもないのに。契約書だって反応するはずよ」

「君が言うなら確かめてみるか……」

スノウが指を鳴らす。

契約書は、秋風に舞う落ち葉みたいに、宙でくるんと一回転して飛んできた。

わたしはスノウと共に、期待に胸を膨らませながらのぞき込む。

七つ目の項目に、まだ変化は見られない。

(熟考しているのかも。愛し合っているかどうかの判定は人間でも難しいもの)

人は嘘をつくし、心にもなく笑ったり悲しんだりできる。当然、他人を愛しているような仕草もできるわけで、本当に愛し合っているか証明するのは難しい。

じーっと見る。反応がなかったので少し待ってみる。焦れるけど、もう少し待つ。

しかし、どんなに時間をかけても、七つ目に花丸はつかなかった。

「どうしてなの!?」

こんなにスノウの愛を感じているのに、契約書はシビアすぎじゃないだろうか。

ショックを受けるわたしの背をスノウはどうどうと撫《な》でる。

「この契約書はクラウディア女王が作ったものだぞ。簡単に達成できるものを、最後の項目に置くわけがない」

「女王陛下は意地悪ね。サインした当人が愛し合ってるって言っているのに、認めたがらない契約書の魔法も！」

女王への不満がむくむく膨らむ。それと同時に、自分への苛立《いらだ》ちも大きくなる。

項目を達成して離婚うんぬんも大事だが、わたしが気にしているのはスノウのことだ。

心から愛されないとスノウの呪いは解けない。

呪いが解けなければ、スノウはオブシディア魔法立国の建国千年の記念式典の日――魔竜が封印されてからちょうど千年にあたる日に、呪いによって死ぬ運命なのだ。

（わたしは嘘偽《うそいつわ》りなく、本当に心からスノウを好きなのに）

たぶん、わたしの愛には何かが足りない。

それが何か分からなくて困っている。

でも、分からないからといって何もしないままでいたら、確実にわたしは後悔する。

スノウの亡骸を前に、一生枯れない涙を流して、無力な自分を呪うだろう。

（悪い想像はいけないわ。まだ時間はあるもの）

「スノウ、お願いがあるの」

わたしはソファから立ち上がった。

そのせいでブランケットが肩から落ちてしまったけど、視線もやらずに拳《こぶし》を握《にぎ》る。

「こうなったら意地でも達成しないと気が済まないわ。思いつくことを全部やりましょう。契約書にわたしたちの愛を認めさせて、七つ目に花丸をつけてやるんだから！」

大声で宣言したわたしに、壁際に立っていたノートンとアンナが拍手をくれた。

ブランケットを拾い上げたスノウは、急に何を言い出すんだと呆《あき》れる。

「魔法には意識がない。認めさせるも何もないと思うが……」

『——旦那様。ここは奥様のお考えに従いましょう』

ノートンが加勢したのでスノウは口を閉じた。

スノウは、家の一切を任せているノートンを信頼していて、彼の言葉であればわりかし素直に聞く。

強い見方を得たわたしは、意気込んで尋ねる。

「ノートンさんは、新婚夫婦がどんなことをしたら、この夫婦は愛し合っているんだなと思いますか？」

『人間の愛情表現にはあまり詳しくないのですが……。愛し合っているなと感じるのは、手を固く繋《つな》いで寄り添い歩く姿を見た時でしょうか。歩きにくくないか心配になりますが、ああしてでも離れたくないくらい、心から想《おも》い合っているのだろうなと思います』

ノートンが言うのは、神に祈る時のようにお互いの手を組み合わせる恋人繫ぎのようだ。

それならすぐにもできそう。

わたしは、ブランケットを掛け直してくれたスノウの手を取っておねだりしてみる。

「スノウ、デートに行きましょう。そこでわたしと恋人繫ぎをしてくれない？」


馬車を走らせたわたしたちは、商業ストリートの一角に降り立った。

スノウはお決まりの濃紺のローブに、夏らしい薄手のスーツ姿。

わたしは彼と並んでも様になるように、水色のシャーリングドレスにオーガンジー素材のケープを合わせてみた。

アンナが髪に編み込んでくれたレースリボンがポイントだ。

「ここで手を繫ぐのか？」

「そうよ。腕を組んで歩いた経験はあるけれど、恋人繫ぎはまだでしょう？　はい、手を出して、指を広げて」

スノウは左手を腰くらいの位置に持ち上げて指を開いた。

わたしは、彼の指と互い違いになるように右手を重ねて、ぎゅうっと指を折りたたむ。

「これが恋人繋ぎよ」

「……そうか」

スノウの反応がそっけない。あまり感動してはくれなかったみたいだ。

(わたしはけっこうドキドキしてるんだけどな)

世の恋人たちが恋人つなぎをするのは、恋人と片時も離れたくないかららしい。

周りに、この人と心から愛し合っているのだ、と見せつけるためでもあるという。

恋人つなぎのカップルに、よく往来で恥ずかしい真似《まね》ができるなと感じる人もいるが、周囲に見せびらかすのが目的なので他人がいる環境が適所なのである。

スノウの冷たくてサラサラした手に触れていると、わたしもそうしたい気分になった。

この美しくて素敵な人が、わたしの大切な人なんだって、周りに見せびらかしたい。

「わたしの胸でよく見ていてちょうだい。わたしとスノウがどれだけ愛し合ってるのか」

自分の胸元にしまわれている契約書に告げて、にぎやかな通りへ踏み出す。

一応、項目二つ目の『二人で出歩く時は腕を組むこと』に反しないように、スノウの腕に空いた手を添える。

ストリートの歴史ある石造りの建物には、有名な宝石店や時計店、高級仕立て屋が軒を連ねている。魔法をかけられた看板が、光ったり音を出したりして通行人を誘う。

品物に自信があるので、市場みたいに商品をよく見せる魔法は使っていないようだ。それなのにどの店も華やかで、店内をのぞいてみたくなるから不思議だ。

わたしたちもどこかの店に……と考えて、わたしは気づいた。

「そういえば、スノウとあてもなく街を歩くのって初めてね」

マダムの仕立て屋に行ったのは、二つ目の項目に挑戦するためだった。

仕事が忙しいスノウは、休日は体を休めることに専念しているし、わたしはわたしで貴族との社交を頑張っていたので、目的もなく歩くことは今までなかったのだ。

「ねえ、スノウ。これ、わたしたちの記念すべき初デートよ」

「……」

「スノウ?」

何気なくスノウを見上げたわたしはびっくりした。

雪みたいに白い肌が、首の付け根から髪の生え際まで余すところなく赤くなっている。

長いまつ毛は伏せられて、口元は拷問に耐えるように引き結ばれていた。

「スノウ、どうしたの?　具合でも悪い?」

立ち止まって見つめると、スノウはわたしの視線を避けるように瞳をそらして、口元を手で覆った。

「そんなに見ないでくれ。僕は、その……好きな女性と手を繋いで歩いた経験がないんだ。心臓がうるさくて、どういう顔をしたらいいのかわからない」

やけに静かだと思ったら、照れて何も言えなかったらしい。

スノウは千年も生きてきて、最強の魔術師という立派な立場にいるのに、恋人繋ぎで歩いた女の子はわたしが初めてなんだ。

初心な反応が可愛らしく思えて、わたしはふふっと微笑む。

「少し休憩しましょう。お食事には早いから、紅茶とケーキがあるお店がいいな」

ラグリオが通い詰めているという菓子店に入ったわたしたちは、その後もしばらく通りを散策して、グリル料理が絶品のランチを食べ、自宅で使う食器やランプを買いつけた。


セレスティアル公爵邸に戻ったのは空が暗くなり始めた頃だった。

恋人繋ぎでデートを完遂したわたしは、自信満々にスノウにねだる。

「これで契約書もわたしたちが愛し合っていると認めるはずだわ。さあ、わたしの中から呼び出して」

「君が確認したいなら」

乗り気ではなさそうにスノウが指を鳴らす。

わたしは、胸からするんと飛び出してきた契約書をわくわくしながらのぞき込む。

七つ目の項目には、なんと——何の変化も起きていなかった！

「ラブラブだったのにどうしてなの――――!?」

両手を頬《ほお》に当てて絶叫する。

あんなに素敵なデートをしたのに、この契約書、本当に壊れているんじゃないだろうか。

「僕らの行動に意味はないようだ。達成するかどうかは内面……心の在り様によるのかもしれない」

大真面目に推理するスノウは、ショックを受けて氷像のように固まるわたしの頭を撫でた。

「焦らなくていい。二人でゆっくり考えていこう」

「うん……」

こくりと頷《うなず》いたわたしは、スノウの胸にもたれて考えた。

魔法の契約書はわたしたちに何を求めているんだろう。

(誰かを心から愛するって、どういうことなの?)

その問いかけに答えるには、十六年しか生きていないわたしでは経験が足りなかった。

「恋人繋ぎでデートするのもだめ。家で一日中くっついていてもだめ。呼び名を『ハニー』と『ダーリン』にしてもだめ。ケーキを食べさせあいっこしてもだめ！　思いついた方法はやり尽くしているのに、どうして契約書は反応してくれないのかしら!?」

三日月が煌々《こうこう》と輝く真夜中。

髪をブラシで梳《す》きながら、わたしはベッドに横たわるスノウに話しかけていた。

記念式典まで、あと二週間を切った。

いまだ呪いは解けていないため、毎晩ベッドで、どうしたら心から愛し合えるのかを会議している。

「ペアルックはどうかしら。いかにも愛し合っていますって感じがしない？」

横向きに寝転んだスノウは、呆れた顔で頬杖《ほおづえ》をついた。

「そろいの格好をすることが愛と見なされるなら、ダンスパーティーがあった晩に、僕の呪いは解けているはずだ」

「あの日は、おそろいの生地で仕立てた宮廷服とドレスだったわね。それでも解けないなんて。もう、どうしたらいいの！」

途方にくれて、わたしはどさっとスノウの隣に倒れた。

何をしても、結婚契約書の七つ目には花丸がつかない。呪いも解除されない。

つまり、わたしたちは本心から愛し合えていないということだ。

クッションに顔を埋めて、ぐぬうとうなっていると、スノウがぽつりとこぼした。

「一つだけ、夫婦なのに僕らはしていない事柄があるが……」

「なあに!?　教えて！」

ガバっと顔を上げると、スノウはのっそりと体を起こした。

わたしの耳元に口を寄せて、柔らかな声で耳朶《じだ》を撫でる。

「それは――」

語られた言葉に、わたしは真っ赤になって、ぱくぱくと口を動かした。

「ま、まま、待って。それは、心の準備がまだ、そのっ」

「だろうな。別に無理強いはしない。愛がなくてもできる行為だ」

「そういうこと言わない！」

スノウの頬をむぎゅっと押してベッドに倒すと、彼は幸せそうに笑った。

無邪気な表情に胸がきゅんとなる。

千年前、魔竜を倒した頃のスノウは十七歳だったという。

呪いで幼く姿を変えられていたけれど、わたしに愛《いと》しさを感じるたびに少しずつ成長して、当時まであと一歩のところまできた。

すっかり格好良くなったスノウは目に毒だ。

わたしなんか、彼が視界に入るたびに心臓が破裂しそうになる。

今みたいに、ふいに流し目を送られた時なんて特に。

「君がしたくないことはしなくていい。呪いが解けなかった場合に備えて、女王は着々と準備を進めている」

「山渓国ギネーダとの併合って、そのためだったのよね」

クラウディア女王が、ギネーダ側に利のある併合案を受け入れたのは、魔竜の復活に備えるために彼らの協力が不可欠だからだ。

かつてのスノウは、自ら編み出した魔方陣と、ギネーダの人々が施した呪紋《じゅもん》を駆使して魔竜を封印した。

黒く厚い鱗《うろこ》に覆われた体躯《たいく》で、炎を吹く巨大な怪物は、一人では太刀打ちできない相手だったという。

魔竜がよみがえった場合、再び交戦することになるが、スノウは呪いのせいで千年前ほどの力が出せない。最強と謳《うた》われるスノウが競り負ける相手では、他の魔術師が何人集まろうと犠牲になって終わりだ。

そこで女王が目をつけたのが、ギネーダの首長サイファだった。

彼は凄腕《すごうで》の呪紋術士で、その強さと聡明さで首長に上り詰めた人物。

女王が助力を求めたところ、ギネーダに有利な形で併合してくれるならと返された。

ダンスパーティーの夜に、呪紋を見つけておきながら放置したサイファは、現在は宮殿に身柄を移されている。

ラグリオの話によると、贅沢《ぜいたく》な生活を満喫しながら、女王の侍女を口説いて叱られているそうだ。順応性がすこぶる高い。

「サイファ様のお話では、ご自分が生まれた時にはすでに魔竜の封印は解けていて、行方知れずなのだそうね」

「僕を食うために、どこかで力を蓄えているんだろう。別の生物に擬態している可能性もある」

「そうなると、襲いに来る前に発見するのは無理そうね……」

ブランケットを胸元にかけて天井を見る。

そこには、スノウが魔法で作ってくれたプラネタリウムがあった。

小さな星がまたたき、銀河から銀河へ流れ星がいくつも滑っていく。

作り物でも星空は星空だ。

わたしは、手を組んで目を閉じる。

「式典の日までに、スノウの呪いが解けますように――きゃっ」

祈っていたらスノウに抱き寄せられた。

薄くて広い胸に耳がくっついて、トクントクンと彼の心臓の音が聞こえる。

「僕が死んだら遠慮はいらない。死別した夫の手が一度もつかなかったと話せば、君ならいくらでも求婚者が現れる。再婚して、幸せになってくれ」

「本当に、そう思ってる？」

頬を膨らませて問いかけると、スノウは抱く腕に力を込めた。

「……ほんとうは、僕だけのものでいてほしい……」

弱気な独占欲に、わたしはふふっと笑ってしまった。

「うん。わたし、ずっとスノウだけのものでいるわ」

寄り添って目を閉じる。

それだけで、体が、心が満たされる。

こういうのを幸せって言うんだろうなと思いながら、わたしたちは健やかな眠りについた。

◇　◇　◇

オブシディア魔法立国と山渓国ギネーダの併合式典、並びに、魔法立国建国千年の記念式典は、晴れ渡った空の下で行われた。

魔法立国と山渓国のフラッグが交互にかけられた大聖堂には、名だたる国家魔術師が集まり王侯貴族が列席した。

貴族の夫人が集められた一角に座って、わたしは式典を見守っている。

スノウは、式を遂行する主席魔術師として、正装に身を包んだ女王とサイファのそばに侍っていた。

「オブシディア魔法立国女王クラウディア、山渓国ギネーダ首長サイファ・ユーベルム・ギネーダ両者による、調印の儀を執り行います」

魔法で生み出された併合条約書に、女王とサイファがサインを入れた。

すると、条約書は虹色の光に包まれた。

壁にかかっていた山渓国のフラッグは、一瞬で魔法立国の色合いに塗り替えられる。

スノウが施した魔方の力だ。

大魔法使いの加護により、併合は確たるものになった。

立ち上がった女王は宝笏《ほうしゃく》を立てて宣言する。

「これにて、山渓国ギネーダは我がオブシディア魔法立国の一部となった。しかし、これは支配ではない。隷属でもない。ギネーダは手を取り合って進む友人である!」

女王に手を差し出されたサイファは、立ち上がってその手を取った。

「光栄です、クラウディア女王陛下。共に、繁栄と栄光の道を進みましょう」

わたしは緊張ぎみに周囲を見回したが、併合反対派の襲撃は起きなかった。

魔法騎士団が厳戒態勢で警備しているので、諦めたのかもしれない。

(このまま、魔竜も現れないでくれたらいいな)

式典は無事に終わり、晩餐《ばんさん》会場となる宮殿に移動することになった。

大聖堂は、北に宮殿、南に宝物殿が隣接していて、空中回廊で繋がっている。

移動する人の流れに乗りながら、わたしは左手にはまった結婚指輪を撫でる。

スノウは、式典の後始末を終えてから合流することになっている。

もしも離れている間に魔竜が現れて、彼が食べられたらと思うと恐ろしい。

「早く会いたいな……」

『会わせて差し上げるわ』

「え？」

呼びかけられて振り向くと、辺りには誰もいなかった。

「あれ？　さっきまで大勢の人がいたのに」

回廊の行き先を見ると、宝物殿と書いてある。

北の宮殿とは逆の南に進んできてしまったらしい。

「いつの間に間違ったのかしら。急いで宮殿へ向かわないと」

ふと窓を仰ぐと、箒《ほうき》に乗ったスノウが飛んでいた。宝物殿へ向かっているようだ。

魔竜がいつ来るか分からないのに単独行動は危ない。

「待って、スノウ！」

わたしは、ドレスの裾をたくし上げて南へ向かった。

五歩ほど進んだところで、急に周囲の景色が変わる。

「なに!?」

目を凝らすと、そこは古書が収められた本棚の間だった。

「どうして国立図書館に……」

さらに進んだら、果物やハムが保管された食料庫へと移動する。

（わたしが迷ったんじゃない。誰かが、魔法で異なる場所に誘導しているんだわ！）

木の実入りの瓶が並べられた棚を手で探ると、ころんと丸い物体に触れた。

壁の灯《あかり》にかざして見れば、ドールアイベリーの呪紋が刻まれた水晶だった。

間違いない。これは、併合反対派が仕掛けた罠《わな》だ。

「スノウが危ない――」

一直線に食料庫を走り抜ける。

唐突に視界が晴れて、正面にまっさらな湖面が広がる。

宮殿の裏手にある湖の畔《ほとり》に出たようだ。

「はぁっ、はぁっ、スノウはどこ……」

「残念でした。貴方《あなた》の旦那様は、ここにはおられませんわよ」

波打ち際にアビゲイルが立っていた。

黒豹《くろひょう》の毛皮を肩にかけて、扇情的な黒レースのドレスから、豊満な胸元と蛇のタトゥーを入れた足を露出させている。

「ごきげんよう、セレスティアル公爵夫人。先ほど貴方がご覧になったのは、わたくしの魔法で見せた幻。公爵そっくりでしたでしょう？」

「ええ。うっかり追いかけてきてしまったわ。なぜこんな仕打ちをなさるの？」

「この男が、貴方に会いたいときかなくて」

アビゲイルの後ろから、パツパツの宮廷服を着た小太りの男が飛び出した。

「モーリス……」

併合反対派に協力している疑いがあったが、アビゲイルとも共謀していたらしい。

久しぶりに会ったモーリスは、気持ち悪いニヤニヤ笑いを浮かべてわたしに近づいてくる。

「ぼくが現れるなんて驚いただろう！　アビゲイル様は、女王に反意を持つ併合反対派を率いていて、セレスティアル公爵もろとも討伐なさるというから協力したんだ。我がまま貴族に無理やり結婚させられるなんて、可哀想《かわいそう》なマイハニー。悪い公爵はやっつけてあげるから、安心してこの胸に飛び込んでおいで！」

「結構です！」

わたしは、両腕を広げて抱きつこうとしたモーリスを、全力で蹴飛ばした。

「無理やり結婚だなんて野蛮な真似をするのは、あなたぐらいのものだわ。あと、人を勝手にマイハニーにしないで。虫唾《むしず》が走るのよ！」

「ぐえっ！」

倒れた背をグリッと踏みつけて、アビゲイルを睨《にら》みつける。

「悪巧みをしても無駄です。もうすぐ、わたしがいないことに気づいたスノウが探しにやってきますから」

「ほほほ、怖い顔だこと。けれど間に合うかしら。わたくしには、その男よりも強力なパートナーがおりますのよ」

アビゲイルが怪しく笑うと、太もものタトゥーが黒い蛇に変わって地面に落ちた。

蛇は、体をくねらせながら湖に入っていく。

水底でインク瓶が割れたかのように水が濁って、水面がザザザッと盛り上がる。

その中心から飛沫《しぶき》を上げて飛び上がったのは、巨大な竜だった。

全身を覆う黒い鱗や、背に生えた翼にバチバチと電流が走る。

空には黒雲が広がり、いくつものつむじ風が湖水を巻き上げた。

「まさか、魔竜!?」

「その通り。ギネーダの谷に封印されていたのを解いて、わたくしの体に棲《す》まわせておりましたの。さあ、公爵夫人にご挨拶なさい」

アビゲイルが手招くと、魔竜は湖面すれすれを飛んできた。

金色の目を光らせ、鋭い爪をむき出しにして、わたしに襲いかかってくる。

(殺される!)

硬直するわたしは、お腹《なか》に腕を回されてふわっと体が浮くのを感じた。

首だけで振り向くと、箒にまたがって空を飛ぶスノウが、わたしを抱えていた。

「スノウ！」

感極まってぎゅっと飛びつく。スノウは「遅くなった」と抱き返してくれた。

直前までわたしが立っていた湖畔に魔竜がめり込んでいて、砂を撒《ま》き散らして頭を上げ、こちらを見上げてくる。

金色の瞳は、わたしではなくスノウを捕らえていた。

千年もの間、積もりに積もった恨みを感じて、背筋がゾクリと冷える。

「待ちかねたぞ、魔竜！」

豪快に呼びかけたのは、宮殿の屋根の上に立った女王だった。

甲冑《かっちゅう》を身につけた彼女のかたわらにはサイファの姿もある。

「アタシの国を滅ぼそうなんて千年早いんだよ。魔法銃、構え！」

女王が大剣を掲げると、裏庭のあちこちから魔法騎士が躍り出てきた。

彼らは、一列に並んで膝をつき、銃剣の先を魔竜に向ける。

「撃てっ！」

いっせいに弾が撃たれた。

火の元素によって威力を増した弾は、次々と魔竜に的中して炸裂《さくれつ》し、巨体を湖の中央へと後退させていく。

「私も役目を果たしますか」

屋根から飛び降りたサイファは、羽織っていた服を脱いだ。鍛え上げた上半身にびっしり刻んだ入れ墨をさらして湖に入っていく。

水面に禍々《まがまが》しい呪紋が映って、波と一緒に小さく揺れた。

「ユーベルムの名の下命じる。かのものを鎮めよ」

サイファの声に合わせて沈静の紋が広がる。

水は湖の隅々まで届き、呪紋に搦《から》め捕られた魔竜の動きは鈍くなった。

「仕留め時ですよ、大魔法使い」

「僕に指図するな」

スノウは、空中に氷雪の魔方陣を出現させると、杖を振って湖に叩《たた》きつけた。

湖面は、あっという間に凍りつき、魔竜の動きは完全に封じられた。

「やった！」

わたしは歓声を上げた。しかし、スノウは依然として怖い顔をしている。

「二人がかりならこんなものだ。封印するには、使役者であるアビゲイルをどうにかしなければならない」

地上を見ると、アビゲイルは顔に皺《しわ》を走らせて憤慨していた。

「おのれ大魔法使い。わたくしの愛がお前らに負けるものか！」

聞こえた『愛』という言葉に、わたしの耳はぴくりと動く。

（アビゲイルさんが愛していた人って、たしか……）

アビゲイルを見つめたわたしは、左の太ももに残された小さな紋章に気づく。先ほどまで魔竜が宿っていた場所に表れたそれは、一本の剣に蛇が絡みついた形をしている。

「スノウ、彼女の足に呪紋があるわ。魂をその場所に縛りつける紋章よ」

「それで魔竜を使役しているのか……」

黒い杖を持ったアビゲイルは、空中に炎の魔方陣を描いた。

巨大な火炎の渦を生み出し、わたしたちの方へ投げつけてくる。

「キアラ、僕に掴《つか》まっていろ」

「ええ！」

わたしはスノウに腕を回してしがみついた。

スノウは両手で箒《ほうき》を掴むと、斜め上に空を駆け出す。

後を追ってきた火炎は加速して、徐々に距離を詰めてくる。

猛スピードのせいで細くたなびく箒の穂先が、炎の端に触れてチリチリと焦げた。

（追いつかれる！）

抱きつく腕にぎゅっと力を込めたその時、スノウは柄を握る手を緩めて逆さになった。

柄の先に重心をおいて風車みたいに一回転すると、火炎は動きについてこられず一直線に空へ抜ける。

「きゃああっ！」

ぷらんとぶら下がったわたしを抱えて体勢を戻したスノウは、湖畔を振り向く。

「行くぞ」

そう言って、獲物を狙う鷹のように空気を裂いてアビゲイルに向かっていった。

アビゲイルは次々に火球を投げつけたが、ラグリオたち魔法騎士に撃ち落とされる。

「女王の犬どもめ……！」

このままだとぶつかってしまう。しかし、スノウは顔色一つ変えずに突撃していく。

わたしには彼が何をしようとしているのか分からない。

でも、信じているから悲鳴は上げなかった。

銃撃を迎え撃っていたアビゲイルは、まさかスノウがそのまま捨て身の攻撃をしてくるとは思わず、防護魔法を展開するのが遅れた。

スノウはアビゲイルとあわや衝突というところまで近づいて、ふいに真上へ飛び上がる。

「一体なにを……」

スノウを目で追ったアビゲイルは、ふと気づく。

後を追ってきた火炎が、自分めがけて飛んできたことに。

「小賢しい真似をっ！」

アビゲイルは防護魔法で火炎をはばんだが、自ら込めた憎悪によって燃え上がる炎は苛烈《かれつ》だった。押し合っているうちに、魔方陣の端からはみだした火が髪の毛や足を焦がしていく。

「スノウ、アビゲイルさんが燃えちゃうわ！」

「もちろん助ける」

上空で箒を止めたスノウは、魔方陣から生み出した水流で彼女を取り巻いて鎮火する。

スノウに助けられたと気づいたアビゲイルは、なりふり構わず叫んだ。

「憐みのつもりか！　なぜ殺さない！」

「スノウリーはそなたとは違う」

左太ももの呪紋を裂くように大剣が叩きつけられた。

アビゲイルの肌はざっくりとえぐれて、鮮やかな血が噴き出す。

「ぐっ」

痛みにうめいたアビゲイルは、大剣の主を見て息をのむ。

「女王陛下……」

「王宮に棲む魔女よ。アタシに当てつけるために暴れ回るのはもうやめな。あんたが愛したアタシの夫は、とっくの昔に死んでるんだ」

まっすぐに伝えてくる女王を、アビゲイルはやつれた顔で笑い飛ばす。

「死んだから何だっておっしゃるの。わたくしが愛している限り、女王陛下は恋敵ですわ。ベリアム卿は、あんなにも愛を囁《ささや》いてくださったのに、不倫が露見したら陛下の元に戻られました。それから病で死ぬまで逢《あ》いに来てはくださらなかった。だからわたくしは、陛下が大切にしている人、国、全て壊してやると決めましたのよ」

「愚か者！」

女王は、アビゲイルの頬を張り飛ばした。

「愛あればこそ守りたいものもあると、どうして分からない！　守ろうとすればするほどお前の立場が悪くなると、ベリアムは分かっていたぞ。アタシは、あいつに愛されていないことなど承知の上だった。完全なる政略結婚だったからな。五人の子どもに恵まれて、お互い役目は果たした。愛人を作ったぐらいで大騒ぎはせん」

砂の上に倒れたアビゲイルは、叩かれた頬を手で押さえてあ然とした。

「わたくしの方が、愛されていたとおっしゃるの？」

「愛を囁かれていたと言ったのはお前だろう。アタシは一度も口説かれたことなんかないぞ。あいつは嘘をつかない男だ。不倫はしてもな」

太ももから浮き上がった呪紋が湖の上を飛んでいき、動きを封じられた魔竜の頭上でパキンと砕け散る。魔竜は鎖から解き放たれたように、ぶるりと体を震わせた。

魔竜との契約を強引に解かれたアビゲイルは、その場に崩れ落ちた。

彼女が騎士に捕らえられる様を見届けた女王は、地面に大剣を突き立てて、上空にいるスノウに呼びかける。

「魔竜の動きが止まっているうちに封印を！」

「さっさとしてください、大魔法使い。このままだと私、凍死します」

凍結に巻き込まれたサイファは半裸で震えている。

スノウは、箒を操って女王の近くにわたしを下ろすと、氷の上に立ってサイファに尋ねた。

「千年前は、ギネーダの谷まで追い詰めて、呪紋で崖を崩して埋め、その上から封印の魔法をかけた。その方法を提案してくれたのはギネーダの者たちだ。だから聞きたい。お前なら、どんな方法を使って封印する」

「地の利を生かして湖底に沈めます。湖をかき回すように強い水流を起こし、底まで引き込んで封印すれば、今度は簡単に目覚めさせられません」

「手伝え」

スノウの杖の先から新たな魔方陣が現れた。

頭上に広がった青い円の中には、水流と渦の模様が何重にも描き込まれている。

スノウが杖を持ち上げていく動きに合わせて、魔方陣はどんどん大きくなっていき、輝きが増して目を開けていられないほど眩《まぶ》しくなる。

「くらえ」

杖が振り下ろされ、魔方陣が湖に叩きつけられる。

輝きが細かな飛沫となって吹き飛び、氷下の水が渦を巻いて急速に動き出した。

魔力の消費が激しいのか、スノウの頬に汗が伝う。

両手を組み合わせて祈っていると、突然、ビシっと氷が割れた。

（スノウ、頑張って！）

魔竜を中心にして放射状にヒビが入っていく。

「しまった。鎮めの水が、渦に押し流されてしまったようです！」

サイファが叫ぶと同時に、魔竜は空中に飛び上がった。

金色の瞳をギラつかせて辺りを見回し、スノウではなく女王の方に一直線に飛んでくる。

「逃げろ！」

スノウが叫ぶ。

しかし大口を開け、鋭い牙をむき出しにして突進してくる魔竜のスピードは猛烈に速い。

（もう間に合わない！）

わたしは、とっさに女王の甲冑を両手で押し出した。

女王は砂の上に倒れ、わたしだけが真っ赤な魔竜の口に吸い込まれる。

「キアラっ！」

スノウの声を残して、上下の牙がガチンと閉じた。

横倒しになったわたしの体は、ザラザラした舌に押され、暗い洞穴を真っ逆さまに落下して、ぽっかり開いた空間にたどり着く。

「痛っ……」

衝撃はあったが、落ちた地面が柔らかかったので怪我《けが》はしなかった。

ここはどこだろう。

外の光が届かないので、真夜中のように暗い。

「少しでいいから光がほしい……。そうだ！」

わたしは、スノウの真似をして指を鳴らし、自分の体から結婚契約書を呼び出した。

羊皮紙に宿った魔法の輝きに、周囲がぼんやりと照らされる。

見えたのは、うごめくピンク色の壁。周囲には、岩や煉瓦《れんが》、壊れた水車がある。

足下に人の骨が転がっているのを見つけたわたしは、「ひっ」と喉を鳴らして震えた。

恐らく、千年前に魔竜が人里を襲って食べて、消化しきれなかったものだ。

ということは、ここは魔竜の胃の中。

わたしはすっかり食べられてしまったようだ。

「誰か、助けて！」

叫んでみても返事はない。

煉瓦を手に取って胃壁を殴ってみたけれど、弾力で押し返された。

諦めずに何度も何度も殴る。やがて疲れ切ったわたしは、不安定な胃の底でなすすべもなく膝を抱えた。

(魔竜、わたしでお腹いっぱいになってくれないかしら)

それなら、スノウは食べられなくてすむ。

このまま魔竜を封印して、心から愛し合える人と出会うまで、不老不死の呪いで生き続ければいい。

わたしが死んでも、いつかまた、きっと誰かがスノウを愛してくれる。

だって彼は、もう十歳の男の子じゃない。

泣きそうになるくらい優しくて、強がりなくせに寂しがりで、意気地なしで、意地悪で、恐ろしいほど美しい、大魔法使いなのだから——。

(本当は、そんなの嫌)

わたしがいなくても幸せに暮らすスノウの姿を想像すると、目から涙があふれてくる。

「わたしも、スノウに、ずっとわたしのものでいてって、言えばよかった……」

本当のことを言うと、わたしがスノウに抱いている気持ちは、単純な『愛している』だけでは表現できない。純情可憐《かれん》な恋のようでいて、その裏には、ドロドロしていて噛《か》んだら苦いような醜い感情も含まれる。

スノウは知らないだろうけれど、わたしは欲深い。

こんな時ですら、彼を他の女の子に奪われたくないとか、わたしだけを綺麗《きれい》だと思ってほしいとか、離れている時は寂しがってよと考えてしまう。

幼稚で、重たくて、醜い。

これが、わたしがスノウに対して抱いている本当の気持ち。

大好きな人には絶対に見せたくない、心からの愛だ。

『――――キアラ！』

今、スノウの声が聞こえたような……。

立ち上がって左右を見回すと、胃が大きく揺れた。

「きゃっ！」

瓦礫《がれき》と一緒に左に寄ったわたしは、次の瞬間には右に吹っ飛ぶ。

上に浮き上がり、下に叩きつけられる。

外部からの攻撃に、魔竜が飛び上がって応戦しているようだ。

「スノウ、戦わないで！　わたしごと封印するのよ！」

胃壁を叩いて大声を出したが、外には届かなかった。

攻撃は止《や》まない。衝撃がどんどん酷《ひど》くなっていく。

「もう、本当に分からず屋なんだから！」

ムカッときたわたしは、両手を口の横に当てて、食道に向けて叫んだ。

「スノウの馬鹿！　あなたなんか、世界でいちばん、大っ嫌いっ!!」

キラッと結婚契約書が光った。

嫌な予感がしてすぐに、足下から氷の柱が突き出してきて全身が氷漬けになる。

『こんな時に――!?』

コチコチに固まって焦るわたしを新たな衝撃が襲った。

ゲホゲホッと魔竜が咳《せ》き込みだしたのだ。

咳《せき》に合わせて胃の中が伸びたり縮んだりして、弾んだわたしの体は氷ごと食道を逆流し、口から吐き出された。

『きゃ――!』

宙を舞う、わたし入り氷。

落下地点は湖だ。

このままでは魔竜ではなく、わたしが水底に沈んじゃう!

死ぬのを覚悟した瞬間、周囲を包んでいた氷が蒸発した。

寸でのところで、わたしを抱きとめてくれたのは、

「スノウ!」

流氷の上に立った大魔法使いだった。

魔竜と戦ったせいで髪は乱れ、ローブは焼け焦げて、頬や首の傷から血が流れている。

「無事でよかった……。契約書を逆手に取ったのか」

「そういうつもりじゃなかったんだけどね。スノウなんか大嫌いって叫んだら、氷漬けになっ

ちゃったの」

その言葉に反応して、スノウの顔に絶望の色が浮かんだ。

「僕を、嫌いになってしまったのか？」

「ううん、大好きよ。大好きだから嫌になったの。わたしの命は諦めて長生きしてって思うのに、どうしても離れたくなかった。心がぐちゃぐちゃになって、涙が出るほど苦しくって、この複雑な気持ちが、心からの愛だって気づいたの」

わたしは、スノウの体に腕を回して、ぎゅうっと抱きしめた。

「スノウ。わたし、あなたを他の誰にもあげたくない。ずっとずっと、わたしのものでいてほしい。愛してるわ」

するとスノウも、力強く抱き返してくれた。

「僕も君を愛している――」

治癒魔法を使った時のように、体がふわっと温かくなった。

顔を上げると、わたしたちの頭上に季節外れの雪が降っていた。

体に染み込んだ雪は、青く発光する。

光はどんどんと面積を増していき、一際キラリときらめいて四方に飛んだ時には、スノウの怪我は影も形もなくなり、立派な十七歳の青年に成長していた。

「スノウ、その姿……」

「千年前の僕だ。君の愛と魔力のおかげで呪いも解けた」

晴れやかに笑ったスノウは、魔竜がいる方を見た。

わたしを吐き出した後も、湖面に着水してゲーゲー胃の中のものを吐いている。

「愛なんか反吐《へど》が出るらしい。キアラに出会う前の僕もそう思っていた。サイファ、今のうちに沈めるぞ」

「いつでもどうぞ」

別の流氷にあぐらをかいていたサイファは、愛嬌《あいきょう》たっぷりに片目をつむって、片方の腕を湖に浸した。

沈静の呪紋が広まって、魔竜の動きを鈍らせる。

スノウは、杖をかざして魔竜の周りに巨大な魔方陣を描いた。先ほどのものより神々しくて巨大なそれは、湖全域に広がって湖底から水を動かした。

水が渦を巻きだしたことに気づいて魔竜は体をひねったが、強大な魔力のせいで抜け出せずに沈みはじめる。

暴れる尾が消え、胴が消え、翼が消え、最後に頭が、とぷんと沈み込む。

魔方陣は、星が爆発したかのような輝きを放ち、巨大な体躯を湖底へと封じた。

「眠れ、また千年。……次は、僕はいないぞ」

封印を見届けたスノウは、わたしと手を繋いで微笑《ほほえ》んだ。

千年の呪いは解けた。
彼は、もはやただの人。
たった十七歳の国家魔術師で、これからの人生をわたしと共にする、最愛の夫だ。

エピローグ

魔竜を封印した一カ月後。

ウェディングドレスを着たわたしは下町の礼拝堂にいた。

モーリスから逃げてスノウと出会った、あの場所である。

白い礼装に濃紺のローブを羽織ったスノウも隣に立っていた。

あの後、牢獄に入れられたアビゲイルは沈黙をつらぬいていて、時折ベリアム卿《きょう》の霊廟《れいびょう》がある方角を見ては涙を流しているという。一方のモーリスはおしゃべりで、彼が自白した併合反対はのアジトに潜伏する残党も捕らえられた。

白い花で飾った説教台の前に立つわたしたちに、司教に変装した女王が問いかける。

「スノウリー・セレスティアル。病める時も健やかなる時も、呪いや魔法にはばまれて共にいられない時も、キアラ・ルクウォーツ・セレスティアルを愛し続けると誓えるか」

「はい」

「キアラ・ルクウォーツ・セレスティアル。大魔法使いの妻という大役を、スノウリー・セレスティアルが死ぬまで務めると誓えるか」

「もちろんです。わたし、スノウを心から愛していますから」

力強く答えると、女王は満面の笑みを浮かべた。

「いいだろう、お二人さん。契約内容は全て達成だ！」

わたしの胸元から結婚契約書がすべり出てきた。

羊皮紙に書かれた条件のうち、一つ目から七つ目まで全てに花丸がついた。

女王は、聖杖《せいじょう》を契約書の上にかざして唱える。

「女王クラウディアの名の下に、契約を解除する！」

白く輝いた結婚契約書は、端の方から粉々に割れて消えた。

欠片《かけら》は輝く羽根になって天井へと舞い上がっていく。

「これで、お前たちを縛っていた魔法は消えた。自由に離婚できるぞ。どうする？」

「「しません」」

声が重なった。わたしがスノウを見ると、彼もわたしを見て微笑《ほほえ》んでいた。

「僕はキアラを、夫として生涯愛し抜きます」

「わたしもスノウを、妻として死ぬまで愛し続けます」

「結婚おめでとう！」

聖杖の先からクラッカーが放たれた。

舞った紙吹雪が礼拝堂の壁や天井、ベンチの背や足下にぶつかり、そこから魔法の花がいくつも咲いて花びらが舞い散る。

礼拝用のベンチでは、式に参列した父が大泣きしている。

「キアラ、よかったねえ――――。幸せになるんだよお――――！」

「キアラちゃんのお父さん、落ち着いて〜。足下が水たまりになっちゃう」

父の背を撫《な》でるラグリオの横で、サイファは怖いくらいの笑顔だ。

「安心してください、お義父《とう》さん。大魔法使いが愛想を尽かされたら、私が責任を持って娘さんをギネーダの首長夫人にしますので」

突如、サイファの頭上に大量の雪が降り注いだ。

雪雲を出したのは、杖《つえ》をかざしたスノウだった。

「結婚式で人の妻を奪う算段を立てるな」

「人聞きの悪い。これは新郎新婦への贈り物ですよ。多少の障がいがあった方が愛は燃え上がるものです」

「貴様――」

「スノウ！」

喧嘩《けんか》になりそうだったので、わたしは、彼の胸ぐらを引き寄せて唇に吸いついた。

突然の誓いのキスに、スノウは目を白黒させている。

「キ、キアラ？」

「わたしを放ってサイファ様をかまわないで。スノウの花嫁はわたしなのに、ずるいわ！」

唇を尖《とが》らせると、スノウは困ったように杖を下ろす。

「嫉妬する相手がおかしいぞ」

「スノウがわたしの愛に応えてくれないからよ。スノウは、してくれないの？」

自分の唇を指で指すと、スノウは勢いよく口づけてきた。

すぐに離れてしまったのが名残惜しくて目で追いかけると、呆《あき》れた顔で笑われる。

「これでは満足できないか？」

「ええ。もっとたくさんしてほしい」

スノウは、わたしを横抱きにして扉へ向かった。

「スノウリー、どこへ行く？」

不思議そうな女王の問いかけに、スノウは真顔で答えた。

「妻が愛され足りないそうなので、屋敷に帰って存分に愛そうと思う」

「ははは！　お幸せに」

一礼して扉を開けたスノウは、呼び出した箒《ほうき》に飛び乗って、わたしごと礼拝堂を抜け出した。

晴れた空を、セレスティアル公爵邸に向かって一直線だ。

爽やかな秋の風にベールとドレスをなびかせて、わたしは両手を広げた。

「結婚式、楽しかったわ！　後から女王陛下にからかわれそうだけど」

「どう思われてもかまわない。わざわざキアラの花嫁姿を見せてやったんだ。配慮は十分だろう――」

スノウは、わたしの耳元に口を寄せて甘く囁《ささや》いた。

「君が嫌になっても愛すのをやめない。覚悟しておけ」

思わず胸がきゅんとなる。

魔竜を封印してからずっと、わたしの心臓は騒ぎっぱなしだ。

嬉《うれ》しくて、幸せで、わたしはにかんで彼の胸にもたれる。

「スノウも覚悟してね。わたしもあなたに負けないくらい、愛してみせるから」

そうはいっても、これからもわたしはスノウに翻弄されるに違いない。

だって、わたしの旦那様は、強引で意地悪で魅力的な、注文の多い魔法使いだもの。

《了》

The Wizard of Many Orders

番外編　魔法使いの溺愛

結婚式を挙げてから数週間が経《た》った。

セレスティアル公爵家には、ひっきりなしに伝書鳩《でんしょばと》が飛んできて手紙を置いていく。

そのほとんどが貴族の家から送られたものだ。

「今日もこんなに来てる」

白い羽根が舞う書簡室に入ったわたしは、椅子に座って手紙に手を伸ばした。

籠《かご》に選《よ》り分けた結果、わたし宛の招待状は二通だけで、ほとんどがセレスティアル公爵であるスノウ宛だった。

「以前はわたしへの手紙ばかりだったのに、すっかり人気が逆転しちゃったわね」

スノウは今や時の人だ。

復活した魔竜を退治した英雄として、その名声は国中にとどろいている。

名のある貴族や富豪は、ぜひ本人から話を聞きたいと、こぞって手紙を寄こすのだ。

籠を持ってスノウの書斎に向かったわたしは、アンナが開けた扉をくぐった。

「スノウ、お手紙よ」

「今日もそんなにあるのか……」

デスクでノートンがまとめた『公爵家のお付き合い帳』に目を通していたスノウは、手紙の山を見て溜《た》め息をついた。

社交に興味がないため、手紙をもらったらもらった分だけ億劫《おっくう》になるようだ。

とにかく量が膨大なので、返事を書くだけで休日が終わってしまうのである。

スノウは、籠を見なかったふりをして書きかけの手紙に視線を落とした。

「僕はすでに手元にある分で精いっぱいだ。キアラ、悪いがそれは捨てておいてくれ」

「そんなことできないわ。このお手紙をくれた貴族たちは、魔竜をやっつけたスノウをすごいって思ってくれているんだもの。お家《うち》にうかがえなくても、せめてお返事だけは書かないと！」

スノウを叱咤《しった》するわたしは、顔がほころぶのを止められない。

だって、自分の夫がこれだけ世間で評価されているのだ。誇らしいし嬉《うれ》しい。

ニマニマ笑っていたらスノウに恨《うら》めしく睨《にら》まれた。

「こんな休日はもうごめんだ」

「きゃっ」

パチンと指が鳴らされると同時に、ふわっと胃が浮き上がる感覚に襲われる。

下を見ると体が宙に浮いていた。スノウが魔法をかけたのだ。

「なんで魔法を!?」

彼は、わたしの体を移動させて自分の膝に下ろすと、ぬいぐるみみたいに抱きしめた。

「僕は、返事を書くよりキアラとこうしていたい……」

頬《ほお》をすり寄せられて、わたしの胸はきゅうっとうずいた。

甘えるスノウの破壊力といったら、どんな魔法も敵《かな》わないくらい強力だ。

魔法では心を操れないけれど、これはわたしの気持ちさえ変えてしまう。

(手紙の山から解放してあげたい。でも……貴族たちとの交流は、これからのスノウに必要なものだわ)

無事に呪いが解けたスノウは、不老不死の大魔法使いから、ただの国家魔術師になった。

大魔法使いであると気づかれないように、人との関わり合いを避けなければいけなかった彼はもういないのだ。

好きなことも嫌なことも同じだけ味わって、余生を人間らしく生きてほしい。

わたしは心を鬼にして、頬ずりする顔をむぎゅっと押した。

「そうやって甘えないの。どんなに忙しくても、わたしとは毎晩くっついて寝てるでしょう。もう契約書もないのに」

「足りない。君をもっと感じていたい」

真顔で言って、スノウはわたしの手に手を重ねた。

肌が触れ合う柔らかな感触に胸が騒ぐ。

呪いが解けたせいか、はたまたわたしへの気持ちが高ぶっているせいか、いつもはひんやりしているスノウの手が熱い。

この手で撫《な》でられると、頑《かたく》なだったわたしはチョコレートみたいにとろけてしまうのだ。

「もう……今だけよ」

囁《ささや》いて、そっと唇を重ねる。

スノウは幸せそうに微笑《ほほえ》んで、何度も何度も小鳥がついばむようなキスをくれた。


『――奥様、よろしいでしょうか』

朝食の後、いったん自室へ下がったわたしをノートンが訪ねてきた。

この時間は出勤するスノウの支度を手伝っているはずなのに珍しい。

「どうしたんですか？　スノウに何かありました？」

『実は、旦那《だんな》様が仕事に行きたくないと駄々をこねておられまして』

「はい？」

わたしは、どういうことだと首を傾《かし》げた。

気分屋なところがあるスノウだが、魔術師としての仕事だけは何があっても放り出さずにいた。行きたくないなんてよっぽど酷《ひど》い理由がありそうだ。

「どうして行きたくないのか、スノウは言っていましたか？」

『それが……奥様と離れたくないそうです』

「なんてひどい我がままなの！」

わたしは大急ぎでスノウの部屋に向かった。

雪のレリーフが施された扉を乱暴に開けて、大声で呼びかける。

「スノウ！　わたしと離れたくないから仕事に行きたくないって、どういうこと⁉」

結びかけのリボンタイを襟元にぶら下げていたスノウは、いきなり怒鳴り込んできたわたしを見て、嬉しそうに目を細めた。

「キアラ……。そうか、ノートンが君に密告しに行ったんだな」

「密告ではなくて相談に来たの。そんな理由で出勤を拒否するなんて前代未聞だわ。さあ、急いで支度をしましょう。遅刻しちゃう」

リボンタイを結んでいると、スノウに手首を掴《つか》まれた。

きょとんとするわたしの顔を、スノウはやけに真剣に見つめてくる。

「キアラは僕と離れればなれになってもいいのか？」

「は、離ればなれって、夕方にはまた会えるじゃない」

「次に抱きしめられるのが九時間後だなんて辛《つら》すぎる。僕は、君が留守の間に何をしているのか気になって、毎日アンナに報告させているくらい恋焦《こいこ》がれているのに……」

セレストブルーの瞳がうるうると揺れる。

しおらしい美貌《びぼう》を間近で浴びて、わたしは「う……」と息を詰まらせた。

出会った頃からそうだが、わたしは弱々しいスノウにびっくりするくらい弱いのだ。

「そんな目で見ないで。困っちゃうわ」

たじたじになるわたしの耳に口を近づけて、スノウは柔らかく囁いた。

「仕事、休んでもいいいか？」

「～だめ！　その甘えんぼうなところを直すまで、わたしへの接触を禁止します!!」

◇　◇　◇

「ぶっはははは！　それでキアラちゃんと接触禁止になったのか！」

スノウの研究室で腹を抱えて笑うのはラグリオだ。

魔方陣を邪魔しないよう壁際に置かれたテーブルには、今季の新作である南瓜《かぼちゃ》プリンが十個も並んでいる。ラグリオが通い詰めている菓子店から買ってきたものだ。

そのうちの八個はすでに空である。

苛立《いらだ》ちを隠せないスノウがドカ食いしてしまった。

ようやく笑いが収まったラグリオは、残ったプリンを大事に味わった。

「すごく面白い喧嘩だな～。キアラちゃんはお前の扱い方をよく分かってる」

「扱い方もなにもない。夫が妻ともっと一緒にいたいと思うのがなぜいけないんだ」

キアラは、千年という途方もなく長い時間を生きて、やっと巡り合えた最愛の人だ。

彼女のおかげで不老不死の呪いから解き放たれたので、スノウは年も取るしやがて死ぬ。

この国の平均寿命である七十歳まではあと五十三年しかない。

それしかキアラと共にいられないと思うと一分一秒も惜しくなって、スノウはキアラを見つけるたびに抱きしめて、ケーキより甘い睦言《むつごと》を囁いていた。

それを突然、禁止されたのだ。落ち込まないはずがない。

接触禁止令が出てからすでに十日が経とうとしている。

毎朝の行ってらっしゃいのキスはなくなり、食事の際に話しかけてもそっけない言葉が返ってきて終わる。

同じベッドで眠ってはいるが、キアラがシーツの真ん中に指でぴーっと線を引いて「ここからこっちに入ってこないで」と言うので、指一本触れられなかった。

スノウは困り果てた様子でうなだれる。

「このままでは、僕は寂しさでどうにかなりそうだ」

「落ち着けって。そもそも他の夫婦は、四六時中そうしてくっついていないぞ?」

「愛する妻が目の前にいるのに?」

「男なら我慢するもんだ。家にブリキ人形しかいないから、お前は常識からずれてんだよ。いいか。普通の夫婦は人前で抱きしめ合ったりキスしたりしない。俺の両親もしなかった」

「そ、そうなのか」

がく然とするスノウに、それが当たり前だとラグリオはスプーンを突きつける。

「アツアツの新婚さんに水は差したくねえが、お前がべったりくっついていたいと思っても、キアラちゃんはそうじゃないかもしれないだろ。一方的な愛情の押し売りは嫌われるぞ?」

愛妻に嫌われる。

鋭い言葉に心をざっくり刺されたスノウは、空いた容器を置いて頭を抱えた。

「キアラに嫌われたら生きていけない……」

「あ～あ～そうでしょうとも。そうならないように、相手が何を嫌がるのか考えて接してみろよ。それが死ぬまで仲良し夫婦でいる秘訣だって、うちのばあちゃんが言ってた」

「キアラが何を嫌がるのか、か……」

気にかかることは一つあった。

スノウの熱烈な愛に対して、キアラは少し逃げ腰なのだ。

接触禁止がその最たる例だろう。

(僕の愛は、キアラにとって迷惑なんだろうか)

こんな時、魔法で人の心がのぞけたら楽なのに。

いや、のぞけないからこそ人は人を好きになるのだと、嬉々《きき》として菓子店に通い詰めるラグリオを見ていれば分かる。

キアラが呪いを解くために頑張《がんば》ってくれたのだから、今度はスノウが頑張る番だ。

立ち直ったスノウに、ラグリオはそっと最後のプリンを渡してやった。

「おう。頑張れよ」

「考えてみる」


一日の勤務を終えたスノウは、セレスティアル公爵家の馬車に乗った。

流れる車窓をながめながら理想の夫婦の在り方について考えてみる。

スノウが知っているもっとも模範的な夫婦は、オブシディア魔法立国の最初の国王と王妃だった。

彼らは魔竜退治の旅を共にした勇者と聖女で、呪いで傷ついてしばらく休まざるを得なかったスノウの代わりに、人々が平和に暮らせるオブシディア魔法立国の礎《いしずえ》を築いてくれた。

彼らの死後、スノウがさまざまな魔法を施していくうちに栄えて広大な領地になってしまったが、元は傷ついた人々が荒れ果てた土地で生きていくために身を寄せ合ったのが国のはじまりだったのだ。

今思い返しても二人は、お互いを尊重して助け合い、衝突しても語り合って解決へと進んでいく、いい夫婦だった。

ラグリオが指摘した通り、彼らは人前でくっついたりキスしたりはしなかった。

「キアラが嫌がるなら、人前で抱きしめるのはよそう……ん？」

セレスティアル公爵邸の前で馬車を降りると、屋敷から人の気配を感じた。

キアラではなく、もっと生命力にあふれた邪悪な存在感。

この敷地には厳重に結界魔法を張ってある。

入って無事で済むのはスノウが認めた者だけだ。ただし、結界魔法は一度でも入ると、ふいに訪ねてくるラグリオのように拒むことはできない。

正面玄関が開いて、眉を下げたノートンが姿を現した。

『――おかえりなさいませ、旦那様。お客様がおいでです』

「いったい誰が来ている？」

『それが……』

相手の名前を聞いたスノウは、鬼気迫る勢いで応接間に駆け込んだ。

「国に帰ったのではなかったのか、サイファ！」

「帰りが早いですね、スノウリー」

部屋にいたのは山渓国ギネーダの首長サイファ・ユーベルム・ギネーダだった。

ガラステーブルに蝶々《ちょうちょう》柄のティーセットを載せて、キアラとお茶をしている。

それだけなら社交の一つだと受け流せるが、キアラの前には苺《いちご》の紋様を織り込んだギネーダの婚礼衣装が畳まれていた。

怒れるスノウに、サイファは「一時帰国から戻りまして」と笑顔で言う。

「キアラさんは呪紋《じゅもん》に興味があるそうですので、ギネーダの婚礼衣装を持ってきました。私と駆け落ちする時に必要になるかもしれませんし」

「僕の妻は他の男と駆け落ちなんてしない。婚礼衣装を持ってギネーダに帰れ。二度とキアラを訪ねてくるな」

サイファに詰め寄ると、まあまあとキアラになだめられた。

「スノウ、これはサイファ様のお母様のものなんですって。ずっと箪笥《たんす》にしまってあったのを結婚祝いとしてわたしにくれるそうなの」

キアラは嬉しそうに、苺の呪紋には『幸せな家庭を守る』意味があるのだと話した。

気が抜けたスノウは、そばの椅子に崩れ落ちる。

「結婚祝い……」

「私が新妻を奪いに来たとでも思いましたか？　キアラさんが望むならそうしますけれど、彼女は貴方《あなた》一筋みたいですね。顔を見ていれば分かります」

言われてキアラを見たスノウは、新しい衝撃を受けた。

結婚する前より綺麗《きれい》になっている気がしたのだ。

衣装を触る手のしなやかさや、伏せたまつ毛に漂う艶やかさ、微笑む表情の愛らしさ。そういったものが、しっとりと落ち着くところに落ち着いたような楚々《そそ》とした雰囲気だった。

四六時中くっついている時は、距離が近すぎて気づけなかった。

接触禁止を言い渡されて、離れてみなければ感じ取れなかったかもしれない。

驚くスノウを見て満足したのか、サイファはのっそりと腰を上げた。

「彼女を綺麗にしたのは貴方ですよ。自信をお持ちなさい、大魔法使い。まあ、私は引っ掻《か》き回すのをやめる気はないので、そのつもりで」

手を振りながらサイファは部屋を出ていった。

スノウは、華やかな刺繍《ししゅう》に釘付《くぎづ》けになるキアラの隣に座り直す。

「僕と離れている間、君は呪紋の勉強でもしているのか？」

「スノウの役に立つかもしれないと思って調べたりもするけれど、お勉強ってほどではないわ。スノウが出かけてからはアンナが報告している通りよ。ブリキ人形の手を借りてお家を整えたり、新しいレシピに挑戦したりして、スノウのことを考えているわ」

「そうか……」

幸せそうな笑顔を見せられて、スノウはほっと安堵《あんど》した。

いつでもキアラの胸にはスノウがいる。

そして、スノウもいつもキアラを想っている。

触れている時も、離れている間も、愛し合うことはできるのだ。

どちらの時間も慈しめる関係が夫婦なのだから。

でも今は新婚だ。あふれ出るほどの愛《いと》しさは、一人では抱えられない。

「もう仕事をずる休みしようとしない。だから、触れてもいいだろうか？」

「……約束よ？」

恥ずかしそうなキアラを抱き上げて、スノウは応接間を出た。

触れ合える幸せを噛みしめて、たまになら怒られるのも悪くないと思う。

夫婦喧嘩《げんか》の後には、とびきり甘い時間が待っているのだから。

《了》

あとがき

はじめまして、こんにちは。花坂つぐみです。

このたびは『注文の多い魔法使い』をお手に取っていただきありがとうございます。

こちらの作品は第10回 New-Generation アイリス少女小説大賞で銀賞をいただき、加筆と改稿を重ねて出版されました。

わたしにとって大切なデビュー作です。

呪いによって少年の姿になっている最強魔術師スノウと、なりゆきで彼と契約婚したヒロインのキアラが、契約魔法を解除するため新婚らしい（？）触れ合いに挑戦していくお話……ですが、今見返してみるとほとんどいちゃいちゃしていたような気がします。

見どころは美少年ヒーローの急成長です。

少年から青年まで一冊で見られたらお得ではと思ってこの設定にしましたが、書きながら今どのくらいの年齢だっけと混乱したりもして地味に大変でした。小さかったヒーローが成長して最終的にヒロインと年齢差が逆転する展開が好きなので、読者様の中に自分も好きだという方やこの作品で好きになった方がいましたら嬉しいです。

ここからはお礼を。

物語を素晴らしいイラストで彩ってくださった桜花舞先生、ありがとうございました。以前よりファンだったのでご担当いただけて感激でした。成長していくにつれて美しさに磨きがかかるスノウと、可憐なキアラが見せる様々な表情がたまりません。今だから言いますが、ラフを見せていただくたびに興奮で寝付けませんでした。

根気強くご指導くださった担当様には伏して感謝をお伝えしたいです。女神のような優しさに何度も助けていただきました。拙い新人ですがこれからもよろしくお願いいたします。

デザイナー様や校正様、この本に携わったたくさんの方々へ心よりお礼申し上げます。皆様のおかげで素晴らしい一冊に仕上がりました。

受賞からデビューまであっという間でしたが、魔法をかけられたように輝かしい期間でした。

この本を読んでくださった貴方にも、物語を通じて同じように素敵な時間を過ごしていただけたら幸せです。

また次の作品でお会いできますように。

花坂つぐみ

IRIS ICHIJINSHA

注文《ちゅうもん》の多《おお》い魔法使《まほうつか》い 契約花嫁《けいやくはなよめ》はおねだり上手《じょうず》な最強魔術師《さいきょうまじゅつし》に溺愛《できあい》されています!?

2023年2月1日　初版発行

著　者■花坂つぐみ

発行者■野内雅宏

発行所■株式会社一迅社
〒160-0022
東京都新宿区新宿3-1-13
京王新宿追分ビル5F
電話03-5312-7432（編集）
電話03-5312-6150（販売）

発売元：株式会社講談社
（講談社・一迅社）

印刷所・製本■大日本印刷株式会社

ＤＴＰ■株式会社三協美術

装　幀■AFTERGLOW

ISBN978-4-7580-9522-8

この本を読んでのご意見
ご感想などをお寄せください。

おたよりの宛て先

〒160-0022
東京都新宿区新宿3-1-13
京王新宿追分ビル5F
株式会社一迅社　ノベル編集部
花坂《はなさか》つぐみ 先生・桜花《おうか》 舞《まい》 先生

IRIS 一迅社文庫アイリス

人の姿の俺と狐姿の俺、どちらが好き？

『お狐様の異類婚姻譚
元旦那様に求婚されているところです』

著者・糸森 環
イラスト：凪かすみ

「嫁いできてくれ、雪緒。……花の褥の上で、俺を旦那にしてくれ」

幼い日に神隠しにあい、もののけたちの世界で薬屋をしている雪緒の元に現れたのは、元夫の八尾の白狐・白月。突然たずねてきた彼は、雪緒に復縁を求めてきて――⁉ ええ⁉　交際期間なしに結婚をして数ヶ月放置した後に、私、離縁されたはずなのですが……。薬屋の少女と大妖の白狐の青年の異類婚姻ラブファンタジー。